Tom Fuhrmann

BACK to BACK

Telescope Verlag

Impressum

1. Auflage: November 2013

www.telescope-verlag.de

ISBN: 978-3-941139-08-4
Preis: 12,00 Euro

Back to back

Dies ist ein Buch über Freundschaft. Natürlich auch über die zufällige Verknüpfung von Schicksalen. Und über Arschlöcher.

Danke an alle, die mich inspiriert haben. Zu viele, um sie alle zu nennen, aber zusammen mehr als die Summe.

Besonderen Dank an meine liebe Frau sowie an Ricky, Strotie, Bodo und die ganze Crew.

Und an Jens, der mir den Spaß am Schreiben vor Augen geführt hat und mich ermahnte, nur über das zu schreiben, was man kennt.

Ihr gehört alle verewigt.

Prolog

Dubai, neun Tage in der Zukunft

„Natürlich glauben wir Ihnen, dass Sie kein Interesse haben auszupacken oder sich schnappen zu lassen. Nun ist aber auch Interpol hinter Ihnen her, und die Knesset würde erbeben, wenn sie wüsste, dass der Mossad mit Ihnen zusammenarbeitet. Also verringert sich unser Risiko erheblich, wenn wir Sie aus dem Weg räumen." Er rückte mit der linken Hand seine Kippa zurecht und spannte mit der rechten den Abzug seines Revolvers, der auf einen kleinen Mann arabischer Herkunft gerichtet war. In diesem Moment bohrte sich die über zehn Zentimeter lange Spitze eines Dolches durch die Kehle des Mossad-Agenten.

Scheich Abad Dus Kashis III stand auf und warf den sterbenden Mann brutal zur Seite.

„Mag sein ... Aber wer sagt, dass ich euch Juden traue?" Der große Mann, der mit dem langen, blutigen Dolch im Türrahmen stand, erwiderte: „Herr, Ihr müsst untertauchen, bis wir Euch außer Landes schaffen können. Dieser Ungläubige war noch Euer kleinstes Problem. Es gab einen Maulwurf ..."

Kapitel 1

Köln-Nippes
5:11 Uhr

Das Dauerschnarchen in der Kölner Altbauwohnung wurde vom ohrenbetäubenden Gitarrensound eines Titels der australischen Band Airbourne unterbrochen. Ein grell blinkender Handywecker erhellte das dunkle Zimmer.

Der gerade erwachte Mann streckte im Halbschlaf die Hand aus und schaltete die Senseo-Kaffeemaschine ein, die auf dem Nachttisch direkt neben der Lärmquelle stand.

„Kippe?", fragte er benommen, als das Wasser sich zu erhitzen begann.

Eine zarte Hand mit grün lackierten Fingernägeln schob sich aus dem Deckenhaufen, fand das Smartphone auf dem Nachttisch und schaltete den Wecker aus. Dann angelte sie sich eine auf dem Boden liegende Handtasche, schleuderte sie aufs Bett und streifte dabei den Kopf des Kaffeesüchtigen.

„Aua, fuck! Kippe", stieß der Mann hervor.

Als er die Senseo startete, erfüllten das charakteristische Brummen und der Duft von Kaffee den Raum.

Inzwischen war der zur Hand gehörige Kopf einer jungen Frau unter der Bettdecke hervorgekommen. Zwischen den Lippen der Blondine befanden sich zwei Zigaretten, die sie gerade anzündete.

„Gib ...", forderte der Mann und nahm ihr eine weg.

„Total nett, dass du mich zum Flughafen bringst", fügte er kurz darauf hinzu und nippte an seinem Kaffee. „Echt. Wenn ich auch mal was tun kann ..."

„Nicht immer sofort einschlafen, wäre eine Möglichkeit, Chris", antwortete Celine.

„Wäre toll, wenn du ein wenig Wäsche waschen könntest, während ich weg bin. Alle schwarzen Sachen. Ich muss ja direkt wieder los nach der Dubai-Nummer und habe dazu keine Zeit. Und vielleicht einmal durchwischen. Kann sein, dass meine Mutter hier die Tage hereinschneit."

Celine konnte kaum glauben, was Chris da von ihr verlangte, und musste sich sehr beherrschen, ihn nicht anzuschreien. Mit mühsam gewahrter Fassung fragte sie: „Weshalb sollte ich das tun?" „Weil du eh die Blumen gießen wirst? Oder hatte ich dich noch nicht gefragt?", erwiderte Chris.

Eine schallende Ohrfeige beendete den Dialog. Celine sprang aus dem Bett und raffte ihre Sachen zusammen, nachdem das Zimmer von drei viel zu starken Bühnenscheinwerfern taghell erleuchtet worden war.

„Aah, mach das Licht aus!", knurrte Chris, ehe das Knallen der Badezimmertür ihm jegliche Hoffnung auf eine Rückkehr der wohltuenden Dunkelheit nahm. Celine war Mitte zwanzig, mit einem Meter achtundsiebzig relativ groß und studierte in Köln „irgendwas mit Medien", wie Chris sich auszudrücken pflegte. Viele seiner Freunde behaupteten im Hinblick auf die eigenartige Beziehung der beiden, die immer zwischen Gelegenheitssex und siamesischen Zwillingen pendelte, ein Psychologiestudium wäre für Celine hilfreicher gewesen.

Chris quälte sich mühsam aus dem Bett. „Empfindliche Zicke. Muss man denn um alles betteln?", murmelte er, während er ein weiteres Kaffee-Pad in die Senseo einlegte.

„Beeil dich, bitte, wir haben nur noch eine halbe Stunde!", rief er.

Die Badezimmertür flog auf.

„Kannst zusehen, wie du zum Flughafen kommst, du Freak!", schrie Celine. Das Knallen der Wohnungstür ersparte ihm eine Antwort. Mit der Kaffeetasse in der Hand blickte er ihr verdutzt hinterher.

Mist, ich muss noch packen, dachte er.

Kapitel 2

Chris war Veranstaltungstechniker mit Schwerpunkt Beschallung, Mitte dreißig und in seiner Branche als Freiberufler recht gefragt. Zu seinen Aufgaben gehörten neben dem Bedienen von Mischpulten auch die Installation der jeweiligen Lautsprecher und das Einmessen des Systems.

Angefangen hatte er, wie viele andere, mit „Kistenschieben", einer typischen Stagehand-Aufgabe, zu der das Be- und Entladen der Trucks und eine Vielzahl von schweren Arbeiten gehörte. Dieser Job war trotz seiner Härte extrem wichtig für die Branche, da die Techniker ohne die „Roadies", wie die Helfer genannt wurden, sehr viel mehr zu tun gehabt hätten. Chris war vor dreizehn Jahren zu diesem Hilfsjob gekommen, als er nach einem Konzert der Band Rose Tattoo hinter dem Kölner Club Gloria den Crew-Chef vor drei Motorradrockern rettete, indem er die Angreifer fürchterlich verprügelte. Inzwischen hatte er sich durch Aneignung entsprechender Fachkenntnisse und seine hohe Auffassungsgabe einen Ruf als angesehener Audiotechniker aufgebaut und konnte sich vor Jobs kaum retten. Was nicht bedeutete, dass er besonders wohlhabend war, denn wie zahlreiche Kollegen kompensierte er den guten Verdienst mit aufwendigen und kostspieligen Hobbys, einem recht eigenwilligen, teuren Lebensstil und manchmal auch mit Drogen.

Wie immer hatte er beim Packen mit den gleichen Problemen zu kämpfen:

Er musste sein Werkzeug im Koffer verstauen, ohne das zulässige Gewicht zu überschreiten, und ein geeignetes Versteck für die Drogen finden.

Eine halbe Stunde später hatte er es geschafft. Jetzt nur noch irgendwie zum Flughafen kommen.

„Scheiße! Ja, ich weiß, wie spät es ist, Alter. Ich muss nach Dubai. Nein, mit dem Flieger. In einer Stunde ist Boarding, du musst mich ... Hallo? ... Hallo! Wichser!"

Er tippte eine andere Nummer ins Handy.
„Ja, hallo? Ich brauche ein Taxi zum Flughafen Köln-Bonn. Schenkendorfstraße 39, bei Mücke. Muss aber schnell gehen! ... Ja? In zehn Minuten? Kacke. Danke."
Als er sein Gepäck die Treppe hinuntergeschleppt hatte, stand Celines schwarzer VW Polo direkt vor der Haustür. „Steig ein, du Penner", rief Celine durch das offene Fenster an der Beifahrerseite.

„Bist du noch sauer?", fragte Chris und lächelte sie an, als er im Auto saß.
„Ach, geh weg mit deinem Dackelblick!"
Er lächelte noch immer. „Mmh. Beim nächsten Mal ..." Sie ließ ihre Drohung unvollendet.

Chris war einen Meter neunzig groß, hatte schwarze Haare, dunkle Augen und eine athletische Figur. Auch wenn man ihm Feingefühl, Verständigungsbereitschaft und Rücksicht nur eingeschränkt nachsagen konnte, hatte seine Wirkung auf Frauen etwas Unwirkliches an sich. Manchmal war ihre Wut auf ihn genauso groß wie das Verlangen, ihn vor sich selbst zu schützen.
Gerade noch rechtzeitig am Flughafen angekommen, erwies sich das Aufgeben des Koffers als gewohntes Desaster. „Herr,... äh, Mükke, ... da haben wir achtunddreißig Kilo. Das macht dreihundertneunzig Euro für Übergepäck. Kreditkarte oder EC?"
„Och nö. Echt jetzt?"
Chris zog seine VISA.
„Vielen Dank, Herr Mücke. Gate A 42, bitte. Boarding in fünf Minuten. Sie sollten sich beeilen."

Kapitel 3

Dubai

Die Produktion in Dubai, eine Präsentation des neuen VW-Luxusmodells für eine handverlesene Anzahl von Hotel-Moguln, sprichwörtliche Scheichs, verlief absolut reibungslos. Nach einer angenehmen Woche im Luxushotel The Address war Chris am Morgen des Abflugs immer noch betrunken von der Aftershowparty. Deshalb schüttete er das restliche Kokain, das er ins Land schmuggelt hatte, auf die Schreibtischplatte in seinem Zimmer und fing an, es mit seiner VISA zu dünnen Linien zu verarbeiten.

Frühstück, dachte er. Nachdem er alles weggezogen hatte, bemerkte er mehrere entgangene Anrufe auf seinem lautlos geschalteten Handy.

Er rief die Nummer zurück und wurde sofort vom Technischen Leiter – TL – angeschrien:

„Ich hab schon fünf Mal angerufen! Sag mal, bist du taub?"

Chris zog die Nase hoch und spürte, wie das Koks seinen Hals hinunterlief. Sein halber Kopf schien völlig taub zu sein. „Relativ ...", antwortete er.

„Witzbold. In fünf Minuten steht unten ein Shuttle zum Dubai Airport. Klar soweit? Hau rein!"

Eine Stunde später waren Chris, „Ritalin", der besagte TL, der mit bürgerlichem Namen Wolfgang Eichhorn hieß, Nico, eine Videotechnikerin, und Jonny, ein Beleuchtungsmeister mit furchtbarem Berliner Akzent, in der zentralen Geschäftshalle des Dubai International Airports, den eine große, goldene Palme in der Mitte der Halle zierte.

„Langweilig", meinte Chris, „Rauchen, Trinken und Essen. Wo?"

„Watt weiß icke, du Suchtbolzen! Bisse schon wieda hacke oda immer noch? Nimm mal einen Jang zurück, sonst halten die dich hier", erwiderte Jonny.

Johann „Jonny“ Wiltge war ein relativ kleiner, aber drahtiger Mann, mit Mitte vierzig der Älteste der Truppe. Er hatte vor kurzem zur Überraschung vieler Kollegen seinen Beleuchtungsmeister gemacht. Durch diverse Jobs mit großer Verantwortung für Bands wie Rammstein und Rosenstolz hatte er sich mittlerweile einen Ruf als Lichtdesigner bei Industrie- und Fernsehproduktionen gemacht.

Nicht dass man ihn deshalb ernster genommen hätte.

„Der hatte schon im Vito eine ordentliche Fahne. Außerdem hat er gestern versucht, mich zu befummeln“, erklärte Nico. Sie war mit ihren zwanzig Jahren die Jüngste. Der Großteil der Crew befand sich längst auf der Heimreise nach Deutschland. Die übrige Truppe hatte man als „Back-up“ behalten, falls beim Abbau der recht großen Produktion etwas Unvorhergesehenes eintreten sollte. So waren noch Experten vor Ort, die mit örtlichen Stagehands den teuren Abtransport des Materials sicherstellen konnten. Nico Gericke war nicht hübsch, aber sehr apart und intelligent. Zu ihren Aufgaben gehörten die Übertragung zahlreicher Kamerasignale und die Zuspielung verschiedener Videos bei der Produktion. Sie entsprach insofern Chris‘ Beuteschema, als sie eine Frau war. „Ich dich angraben? Und wieso weiß ich da nichts von?“, erkundigte er sich. „Schnauze. Ich als euer TL sage, wir gehen jetzt in den Irish Pub. Nach meinen Recherchen ist das hier der einzige Ort, wo man Saufen und Rauchen kann. Abmarsch!“, befahl Ritalin. „Top Job übrigens!“ „Das hast du gestern auf der Party mindestens vierzig Mal gesagt, Ritalin.“ „Schnauze, Mücke. Als TL darf ich das so oft sagen, wie ich will.“ „Das Videolicht war grausig“, warf Nico ein. „Hast du das eingeleuchtet, Jonny? Der Backdrop sah aus wie ein Flickenteppich.“ „Wie jetze, watt is ditte? Mäddämm probt den Zwerjenuffstand oder watt?“

„Rauchen!“, brüllte Chris und lief los. Leider hatten sich alle Flüge um sechs Stunden verschoben, was die Laune der Gruppe nicht gerade aufbesserte. Irgendein Terrorist befand sich vermutlich auf dem Flughafengelände. Bisher hatte man ihn nicht gefunden.

Der kann nur im Irish Pub sein, da darf man wenigstens rauchen, mutmaßte Chris und musste grinsen.

Im Irish Village gab es alles, was die Crew begehrte: Nahrung,

Aschenbecher und viel Alkohol. Nach einer Stunde hatte Chris fast wieder den Alkoholpegel vom Vorabend erreicht. Nur das Kokain hielt ihn scheinbar noch aufrecht. Er machte sich auf den Weg zur nächsten Toilette.

Noch bevor er eintreten konnte, rammte ihn ein kleiner Einheimischer mit Turban und Sunna. „Arschloch", lallte Chris.

Als er fertig war, wusch er sich ausgiebig die Hände. Auf der Ablage des Waschbeckens lag eine goldene Uhr. Ach du Kacke, eine Rolex, dachte er, als er sie begutachtete. Kann nur von dem Penner sein ...

Chris Mücke war ein ehrlicher Mensch. Er stürmte mit seinem Fund hinaus, um den Fremden aufzuspüren. Doch nach zehn Minuten unkoordinierter, vergeblicher Suche im und vor dem Irish Village packte ihn Ritalin am Arm. „Du sagst jetzt mal deinem TL, was hier Phase ist - oder brauchst du was zu kiffen?" Wolfgang „Ritalin" Eichhorn hatte den miesesten Ruf als Technischer Leiter im ganzen Kölner Raum, was seine fachliche Kompetenz betraf. Was das Zwischenmenschliche anging, hatte er große Angst vor Frauen, was ihn immer wieder dazu zwang, seine Gattin bei jeder Gelegenheit zu betrügen, um sich selbst ein Gefühl der Überlegenheit zu geben. Dabei spielten Optik und Alter der Frauen keine Rolle. Außerdem galt er als Schwätzer, doch die Branche war ein Paradies für Menschen mit Ecken und Kanten, wenn sie im entscheidenden Moment am richtigen Strang zogen. Und eines musste man ihm lassen: Er war loyal den Leuten gegenüber, deren „TL" er zu sein glaubte, zumindest solange er nicht das Gefühl hatte, dass von ihnen Gefahr für sein eigenes Prestige drohte.

Nur zehn Minuten später wurde die Uhr am Tresen des Irish Village von einem zum anderen gereicht. Die Rolex war am Armband sogar mit Edelsteinen besetzt. Als Jonny die Fassung wiedererlangt hatte, sagte er: „Alta Verwalta, pass uff, ick gloob, ditte is Weißgold und die Klunka, dit sind Diamanten oda Brillis, verstehste? Dit is so hässlich, dit Teil, dit muss fünf- oda sechsstellig kosten, wa!" Nico war inzwischen völlig betrunken und lallte: „Wasmachstendammitjetzmücke?" „Als dein TL kann ich dir nur raten: Schieb dir das

Ding für die Passkontrolle in den Arsch. Wie bei Pulp Fiction!", schlug Ritalin lachend vor.

„Danke, Ritalin. Wann wird deine anale Phase wohl zu Ende sein?", erwiderte Chris.

„Wasmachstendammitjetzmücke?", wiederholte Nico. „Wir sollten langsam mal zahlen. Hoffentlich haben die den bombenlegenden Kameltreiber inzwischen gefunden. Ich will hier weg. Als euer TL kann ich euch versichern: Zuhause ist es am schönsten. Abflug!" „Wasmachstendammitjetzmücke?" „Schnauze, Nico!"

Als sie endlich im Flugzeug saßen, fragte Jonny: „Wo isn dit Teil?" Chris hob den linken Arm und zog den Ärmel seines schwarzen Windbreakers hoch. An seinem muskulösen Unterarm mit den Tribal Tattoos wirkte die goldene Uhr ziemlich fehl am Platz. „Aaalta, du siehst aus wie ein Reeperbahn-Lude auf Freigang."

Kapitel 4

Interpol
Lyon

„Wir haben inzwischen eine Interpol United Nations Special Notice herausgegeben und ihr Haufen von Pennern habt kein Signal mehr?“, schrie der glatzköpfige Mann mit starkem französischen Akzent den arabischen Befehlshaber der örtlichen Polizei in Dubai am Telefon an und legte auf. Normalerweise hat die Interpol keine Agenten, wie man sie aus Filmen kennt. Vielmehr koordiniert sie die Behörden vor Ort entsprechend der Notice, die nach Farben aufgeteilt für verschiedene Belange steht: Das Sammeln von Informationen über Verdächtige, die Identifizierung Unbekannter, auch Toter, die Warnung vor bestimmten Personen oder das Bereitstellen von Informationen über Personen und Straftaten. Im konkreten Fall ging es um die El Kaida.

Jean Remis wunderte sich über das Ausbleiben des GPS-Signals bei dem gesuchten Terroristen Scheich Abad Dus Kashis III. Entweder hatte der Mann den Braten gerochen oder er bewegte sich seit Stunden nicht über einen Radius von dreißig Metern hinaus. Im ersten Fall hieß das, dass der verdeckte Ermittler aus den Reihen des Scheichs jetzt tot war. Dieser Gedanke gefiel Remis gar nicht.

Das Telefon läutete und ein Mitarbeiter reichte Remis den Hörer. „Ihr habt ihn? Ah, sein Signal. Gut. Wo? Er hat es also geschafft, in ein Flugzeug zu steigen. Gut. Findet heraus, wohin der Flug geht. Wir informieren dann die Behörden vor Ort und sorgen für einen netten Empfang.“

Kapitel 5

Flughafen Köln-Bonn

Mit weiteren drei Stunden Verspätung erreichte die Truppe endlich den Flughafen.

„So, wa? Ick werd mal sehen, dat ich nache Haupstadt komme. War mir een Fest, wa? Wie imma! Wie Blumen pflücken im Herzen. Macht et juut“, verabschiedete sich Jonny, als sie die Gepäckausgabe hinter sich gelassen hatten.

Ritalin nahm ihn in die Arme. „Lass juut sein, Alter. Wir sehen uns uff der IFA. Kommt juut heeme.“

„Danke, Jonny. Als dein TL sag ich nur: Top Job!“, entgegnete Ritalin. „Ganz was Neues“, murmelte Chris, der die fast bewusstlose Nico samt ihrem unförmigen Rucksack mit dem rechten Arm in Richtung Ausgang schob, während er gleichzeitig mit dem linken seinen eigenen riesigen Trolli hinter sich herzog.

„Wie kommt ihr jetzt weg, Mücke?“, erkundigte sich Ritalin, nachdem Jonny sich auf den Weg zum nächsten Gate gemacht hatte. Ich werde abgeholt und Nico kann noch nicht sprechen“, antwortete Chris missgelaunt. „Top Job, Ritalin.“ „Top Job, Mücke. Lass die Finger bei dir, ho ho ho. Ah, da steht meine Frau. Bis dann!“, sagte er und ließ das seltsame Paar einfach stehen. Was für ein Vollhorst, dachte Chris. „Wasn Vollhorscht“, lallte Nico.

Ungefähr zwanzig Minuten später saßen sie im flughafeneigenen Burger King. Während Nico an ihrem zweiten Kaffee nuckelte, telefonierte Chris mit Celine.

„Och Süße, es ist doch schon nach sieben. Ich weiß, dass du schon mal hier warst, aber ich kann doch nichts dafür. Erst haben die so einen doofen Mullah gesucht und den Flug verschoben und dann saßen wir ...“ „WasmachstendammitjetzmückemitderUhr?“ „... Was? Nein, das war nur Nico. Nein, ich ficke sie nicht! Ich ...“ „Nur fummeln!“, rief Nico, die ihren ohnehin schon kritischen Alkoholpegel im Flugzeug mit Rotwein noch weiter angehoben hatte. „Nein, Celine, die ist total besoffen. Süße, ehrlich. Bitte! Was? Ach so, ja. Also: Wir saßen schon im Flugzeug in Dubai, plötzlich kam Militär rein. So richtig mit Wumme und so, voll krass. Die haben ein paar Mal den ganzen Flieger durchsucht. Ich glaube, nach diesem Terroristen. Irgendwie waren die der Meinung, der will nach Köln. Eine Dönerbude in Mülheim aufmachen, hi hi. Ja. Das ist nicht lustig, sorry. Auf jeden Fall ... bei der Zwischenlandung in Istanbul war es das Gleiche. Bullen ohne Ende ... mh. Nico hat braune Haare. Ja. Nein, du kennst sie nicht. Ist doch egal. Och, Celine. Dann hol uns bitte hier ab. Arsch voll Gepäck und so. Ja? Ja? Schmeiß den Typ doch raus oder setz ihn unterwegs ab. Sonst gib ihn mir! Okay? Du kommst? Terminal 2! Kussi!“ Er legte auf. „Cool. Wo musst du eigentlich hin, Nico?“ „Nach Bochum.“ „Shit.“

Kapitel 6

Köln

Als das Gepäck mühsam im kleinen VW Polo verstaut war, schlief Nico auf dem Rücksitz ein, kaum dass sich das Auto in Bewegung gesetzt hatte. „Ist sie das?“, fragte Celine.

„Nein, das ist meine Oma. Sie wurde als Dissidentin in Dubai festgehalten und ich hab sie einfach mitgenommen“, antwortete Chris. Celine machte im Parkhaus eine Vollbremsung. „Du kannst auch aussteigen.“ „Sorry. Das ist wirklich meine Oma.“ Celine und Chris sahen sich an und fingen plötzlich beide an zu lachen. „Nicht dass du denkst, ich wäre eifersüchtig. Ich bin nur neugierig, Chris.“ „Ist klar.“ „Was machst du morgen?“ „Auch morgen noch werde ich ganz bestimmt Hip Hop verabscheuen.“ „He, echt, im Ernst, Chris.“ „Ich gehe übermorgen mit Neosense auf Tour und werde morgen packen, waschen und nachmittags dem guten, alten Esteban einen Besuch abstatten, über alte Zeiten, Marschpulver und Weed reden. Falls ich zu Wort komme.“ „Mann, Chris, echt! Der Typ? Ich dachte, das hätte sich erledigt. Der ist doch irre!“ „Wieso magst du ihn nicht? Wir waren schon als Kinder befreundet. Mir ist scheißegal, was andere Leute, die ihn gar nicht richtig kennen, von Esteban halten.“

„Klar, sicher. Deshalb hast du ihm auch immer die Mädchen ausgespannt.“ „Na und? Er war nie der Frauentyp. Außerdem hat er sich dafür gerächt. Wir sind schon lange quitt.“ „Aha. Wie sah denn seine Rache aus?“ Celines Augen bekamen diesen eigenartigen Glanz, bei dem Chris sich immer so komisch fühlte, weil er ihre Reaktion nicht einordnen konnte.

„Er hat meine Mutter gevögelt, bevor er zur Fremdenlegion ging. Und hat dafür gesorgt, dass ich die beiden erwische. Das war nach Babsi, die sich vor den Bus geschmissen hat, als ich Schluss gemacht habe. Das mit der Legion war die Idee von meinem Alten. Was heißt Idee? Viele Optionen hatte Este eh nicht und mein Alter war sehr nachtragend, nachdem meine Mutter es ihm gebeichtet hatte.

Esteban war damals an die zwanzig und als er nach sechs Jahren zurückkam mit dem Klumpfuß und so, war alles irgendwie wie früher, verstehst du? Männerfreundschaft. Er hat mir richtig kämpfen beigebracht und so was. Sonst hätte ich meinen Job auch gar nicht." „Hä?" „Ach, das verstehst du nicht." „Hast du sie wirklich nicht gevögelt?" „Nein!" „Wirst du sie ficken?" Chris verdrehte die Augen.

Eine halbe Stunde später half er Nico in seine Wohnung, nachdem er das ganze Gepäck hinaufgeschleppt hatte. Celine zog es vor, in ihren eigenen vier Wänden zu übernachten.

Als Chris die sichtlich angeschlagene Kollegin in sein Bett gehievt hatte, nahm er eine ausgiebige Dusche und legte sich danach völlig erledigt auf seine Couch, wo er sofort einschlief.

Er träumte, wie er auf dem Rücken liegend einen steilen Abhang hinunterrutschte. Dabei wurde er von Celine auf seiner eigenen Enduro verfolgt, und zu allem Überfluss hatte sie eine M9-Beretta im Anschlag. Entsetzt riss er die Augen auf und registrierte zunächst, dass er eine mächtige Erektion hatte, und dann, dass Nico darauf saß und ihn ritt, als ob sie von einer Horde Indianer verfolgt würden. „Los, fick mich, Mücke. Fick mich endlich!", rief sie. „Waaaas!", rief Chris, konnte sich aber nicht befreien, ohne Gewalt anzuwenden. Und als er die Möglichkeiten abwog, beschloss er, das Beste aus der Situation zu machen. Für alle Beteiligten. Er wehrte sich nicht länger und stieg in ihren Rhythmus ein. Dabei spürte er, dass sie schlagartig am ganzen Körper eine Gänsehaut bekam, was ihn sehr erregte. Nach weiteren fünf Stößen kam sie das erste Mal. Er schleuderte sie auf den Bauch und fickte sie ausgiebig von hinten, bis er selbst kurz davor war zu explodieren. „Lass mich deine Augen sehen!", flüsterte er ihr ins Ohr. Als sie sich umdrehte, verpasste er ihr die Ladung ins Gesicht.

Zwei Stunden später saß Chris auf seinem kostspieligen Motorrad, einer BMW S 1000 RR, während Nico sich auf dem Weg nach Hause befand. Sie hatte beteuert, sie könne ihm die Sache wohl verzeihen, auch wenn er ihren Zustand perfide ausgenutzt habe. In der

Nähe des Barbarossaplatzes suchte er sich für das schwere Bike einen Parkplatz und zehn Minuten später saß er bei seinem Freund Esteban Gomez auf dem Sofa. Sie sahen vom sechsten Stock hinunter auf den Kölner Ring, eine fette Tüte brannte und einem netten Abend stand nichts im Weg. Chris musste nur noch packen, irgendwann.

Estebans Wohnung bestand nur aus einem einzigen Raum, in dessen Zentrum sich ein riesiger Plasmafernseher befand, umrahmt von zwei großen Lautsprechern. Sämtliche Wände waren mit Schränken zugestellt. Für Bilder blieb so gut wie kein Platz. Esteban war ein Sammler, vor allem von Waffen. Aber auch die Rolex weckte sein Interesse. „Sehr schön. Sehr teuer, aber ... Mann, ist die hässlich! Die hat mehr Diamanten am Armband als Chuck Norris Haare am Arsch. Alter, wenn sich nach einem Jahr keiner bei Rolex meldet, gehört das Teil offiziell dir. Die sind alle registriert. Kann mich ja noch mal umhören, aber so fünfzig Kilos wird die schon bringen." Esteban drehte sich wortlos um und legte die Uhr auf den Tisch. „Freu mich auch, dich zu sehen, Esteban", sagte Chris. Sie gingen auf den Balkon. Inzwischen hatte Esteban sich einen eigenen Joint angezündet und sie standen beide da, kifften und genossen den Ausblick auf die Stadt, die langsam in der Dämmerung versank. „Was macht dein Klumpfuß?", brach Chris das Schweigen. „Tut nur noch weh, wenn mir Idioten blöde Fragen stellen." Esteban hatte bei einem Kampfeinsatz im Irak einen Bombensplitter abbekommen, was ihm zu einer ehrenhaften Entlassung aus der Fremdenlegion verhalf. Aus Langeweile produzierte er nun Techno-Musik und dealte im kleinen Rahmen unter Freunden mit Kokain und Hasch, wobei ihm seine alten Kontakte zugutekamen, die bis nach Kolumbien reichten. Trotz seines kleinen Handikaps war Esteban nicht zu unterschätzen. Er entsprach nicht dem Klischee des hilflosen Krüppels, sondern verwandelte sich in kritischen Situationen in eine Killermaschine. Chris war der einzige Mensch, der es sich erlauben konnte, Sprüche zu klopfen. Jeder andere hätte bereits einen leeren Ärmel an der Jacke baumeln gehabt.

Während sie beide auf dem Balkon standen und Gras rauchten, hielten drei schwarze Transporter vor dem Haus. Schwarz uniformierte SEK-Beamte in voller Kampfausrüstung sprangen aus den

Autos. „Was zur Hölle ...“, rief Esteban. „SEK! Scheiße! Los, komm!“ Sie stürzten in die Wohnung, Esteban öffnete einen der zahlreichen Schränke, nahm einen roten Rucksack heraus und warf ihn Chris vor den Bauch. „Fang!“, rief er und holte einen schweren Gürtel mit Kampfmesser, zahlreichen Magazinen und eine angsteinflößende MP 5 aus dem Schrank. Dann hängte er sich das Maschinengewehr um und zog sich Handschuhe an. „Alter, was ist los?“, fragte Chris. „Pssst!“, ermahnte ihn Esteban.

Die Beamten begannen, vor jeder Wohnung auf dem Weg nach oben auf eine Verstärkung ihres GPS-Signals zu lauschen. Esteban ging davon aus, dass der Einsatz ihm galt. Er stellte sich mit dem Rücken zur Wand links neben seine Wohnungstür. „Los, geh hinter mich“, forderte er seinen Freund auf. „Und zwar leise.“ Drei Minuten später sprang die Tür mit lautem Getöse auf. Ein SEK-Beamter hatte sie mit seiner Ramme aufgebrochen. Ein zweiter Mann stürmte hinein. Esteban packte ihn von hinten und brach ihm das Genick. Noch bevor der tote Körper des Eindringlings den Fußboden berührte, hatte Esteban das Sturmgewehr des Mannes an sich gerissen und feuerte das komplette Magazin auf die dahinter anstürmenden Männer ab. Trotz der Hektik der Situation achtete Esteban darauf, den Unterleib und die Beine der SEK-Beamten zu treffen, um die Kevlar-Schutzwesten der Gegner zu umgehen. Einer nach dem anderen sackte getroffen zu Boden. Trotz Gegenwehr trafen die Kugeln der überraschten Beamten niemanden. „Wunderschön“, sagte Esteban, ließ das Sturmgewehr fallen und nahm einen Funksender aus dem Schrank. „Los jetzt, Mücke!“, rief er und sprang durch den Qualm über die Toten und Verletzten ins Treppenhaus. Chris folgte, als ein weiterer Beamter unvermittelt um die Ecke bog. Esteban stieß ihm von unten das Messer durchs Kinn, bis die Klinge aus dem linken Auge herausschaute, sodass dem Beamten auch sein Helm nichts mehr nutzte. Dann nahm der ehemalige Söldner auch die Waffe dieses Mannes, eine SIG Sauer P 226, an sich. „Klasse, durchbricht auch Visiere ...“, erklärte Esteban zu Chris‘ blankem Entsetzen.

Es folgte noch eine Schießerei im zweiten Stock, bei der sich die erbeutete Pistole als überaus nützlich erwies. Den unglückseligen Gegner trafen trotz Panzerung drei Durchschüsse aus nächster Nähe in den Unterleib. Esteban drückte Chris die Waffe in die Hand, aber der gab sie ihm entsetzt zurück. Esteban zuckte mit den Schultern und steckte sich die Pistole in den Hosenbund. Im ersten Stock schlug er einen weiteren Polizisten mit dem Kolben der bisher unbenutzten MP5 nieder. Endlich erreichten sie das Erdgeschoss und gelangten in den Hinterhof, wo Estebans Mustang stand. „Pass auf, Mücke: Du gehst hinten in den Dönerladen rein. Wenn einer aufmuckt, mach ihn platt. Ich lenk die Burschen ab. Und du hau ab mit deinem Motorrad. Ich ruf dich an, wenn ich weiß, was der Scheiß hier soll."

Esteban nahm den Funksender und drückte auf einen grünen Knopf. Eine rote Lampe über einem weiteren Knopf fing an zu blinken. „Willst du ein Garagentor öffnen?", fragte Chris fassungslos. „Abflug, Mücke!" Zwei Beamte rannten aus der Tür in den Hinterhof und fingen an zu schießen. Die Kugeln verfehlten nur knapp ihr Ziel. Esteban flüchtete in seinen Wagen, gab Vollgas und fuhr die beiden über den Haufen. Während er sein Auto durch die Einfahrt lenkte, wurde es im ganzen Haus, im Hinterhof und selbst im benachbarten Gebäude stockfinster. Stromausfall. Chris ging durch die Hintertür in die dunkle Dönerbude im Erdgeschoss und schlug den entsetzten Türken in der Küche nieder. Dann stand er hinter dem Verkaufstresen. „Moin, Ali", grüßte er und verließ den Laden durch die Eingangstür.

Es waren weitere Transporter und ein Bus der Bereitschaftspolizei vorgefahren. Die Beamten stürmten hektisch in die obere Etage des nun dunklen Hauses, um ihren Kollegen zu Hilfe zu kommen. Nach einer gefühlten Ewigkeit erreichte Chris unbehelligt seine BMW und sah zum ersten Mal in den roten Rucksack, bevor er den Helm aufsetzte.

Darin befanden sich mehrere Beutel mit Gras, ein etwas kleinerer mit Kokain und ein Handy der Marke Samsung. The show must go on, dachte Chris und startete die BMW. Wieso eigentlich?

Kapitel 7

Interpol
Lyon

Im Großraumbüro der Interpol war die Stimmung getrübt. Der verantwortliche Präsident, Jean Remis, schien platzen zu wollen. Trotz des grellen Neonlichts erfreute sich sein kantiger Glatzkopf eines Rottons, der plastisch seine Wut signalisierte. „Ich fasse zusammen, Herr, ... Gruber?“, hauchte er mit mühsam gewahrter Fassung. Seine Stimme klang eisig. „Es gibt elf Tote, acht Schwerverletzte und keine Spur, außer fünfundvierzig Sekunden auf Video. Ja? Ja? Gut.“ Er legte auf und sprach mit geschlossenen Augen: „Spurenauswertung. Alle Berichte oberste Priorität. Video auswerten. Ich will alles wissen. Waffen, alles, was wir finden. Wer ist der Ansprechpartner bei den Deutschen? Verbinden. Jetzt. Danke, meine Herren.“

Das große Büro wurde augenblicklich von hektischem Treiben erfüllt. „Monsieur Remis?“, meldete sich die junge Frau, die sich um die Kommunikation kümmerte. „Hier ist das Innenministerium in Berlin für Sie.“

Drei Sekunden später klingelte das Telefon in Jean Remis‘ Hand. Er fing unvermittelt an zu reden: „Wir haben eine Red Notice. Ich bitte um Modifizierung Ihrer Prioritätsstufe. Ja. Ja. Ja, Gruber heißt der Mann. Vielen Dank, Herr Strauß. Wiederhören.“

Karl Strauß, Vertreter des deutschen Innenministeriums, legte am anderen Ende der Leitung auf und winkte seinen Assistenten heran. „Kommen Sie her. Machense schon. Passense auf: Machen Sie Druck bei diesem Kölner Desaster und schicken Sie alles nur noch über mich. Und jetzt los! Verbinden Sie mich mal mit diesem Friedrich. Nein, geben Sie mir erst den Hauptkommissar aus Köln. Und Kaffee.“

Kurze Zeit später lauschte Karl Strauß Hauptkommissar Sägers Bericht: „Wir hatten Order, Zugriff auszuüben. Zielperson Scheich Abad Dus Kashis III. Grundlage war eine klare GPS-Ortung. Der

Sender war in seiner Armbanduhr. Aber vor Ort wurde uns derart in den Arsch getreten, dass wir von Profis ausgehen müssen. Es waren ungefähr zwei bis vier Personen. Sie flüchteten wohl mit einem Sportwagen. Aufgrund des Stromausfalls waren wir abgelenkt ..." „Abgelenkt?", fragte Strauß. „Ja. Das ganze Haus dunkel! Wir hatten gerade Nachschub hochgeschickt. Sie haben den Hauptverteiler mit einem Sprengsatz präpariert. Tja. Jedenfalls haben sie nicht ein eigenes Projektil verschossen, sondern nur mit einem Messer und den Waffen unserer Leute gearbeitet." „Sie haben elf Leute mit einem Messer und erbeuteten Waffen erledigt?" „So gesehen, ... ja ..." „Der Sender ist hin, wir haben die Uhr schon gefunden. Der Typ, der die Wohnung gemietet hatte, existiert laut Computer gar nicht. Ralf Schmidt hat er sich genannt, und die Miete bar für zwei Jahre im Voraus abgedrückt. Da hätte selbst die Arbeiterwohlfahrt nichts gesagt. Wir hoffen, die Aufzeichnung der Waffen-Cam ergibt etwas."

„Passen Sie auf, Säger. Ich regele das auf der politischen Ebene", verkündete Strauß plötzlich in lupenreinem Hochdeutsch, „Und Sie machen die restliche Sauerei da weg und schnappen diese Typen. Egal wie. Bin ich zu Ihnen durchgedrungen?"

Kapitel 8

Köln

„Scheiße, meine Uhr ist weg“, sagte Chris zum ungefähr zehnten Mal. Celine war perplex. Chris hatte doch nie eine Uhr besessen! Sie brachte ihn zum Nightliner, der bei der Produktionsfirma in Ascheberg abfuhr. „Wieso weg? Was für eine Uhr?“ „Ach, die hatte ich in Dubai gefunden und bei Esteban ist sie irgendwie abhandengekommen.“

„Ich hab dir schon tausend Mal gesagt, dass der Typ irre ist, Chris.“

„Ja, ja, ist ja gut!“ Chris hob beschwichtigend die Hände. „Trotzdem bleibt er mein Freund.“

Hundert Meter vor der Einfahrt der Firma Lightsound stoppte Celine den Polo und parkte auf dem Seitenstreifen. Sie beugte sich über Chris und griff ihm in den Schritt, während sie ihre Zunge in seinem Mund vergrub. Sie öffnete den Reißverschluss seiner Jeans und rieb mit genau der richtigen Mischung aus Tempo und Druck. Chris spürte, wie ihm das Blut mit Macht in die Lenden schoss. Auf dem absoluten Zenit seiner Erektion fing sie an, ihm einen zu blasen, dass ihm Hören und Sehen verging. Er kam in ihrem Mund. Celine schluckte hörbar und öffnete eine Dose Red Bull. Sie trank einen Schluck und startete den Motor. Chris fühlte sich wie ein entgräteter Fisch mit Stimmbandlähmung und brachte mit Mühe hervor: „Meine Mutter hat mich immer gewarnt vor Frauen, die alles nur mit dem Mund können ...“

***

Chris hatte gerade - immer noch sichtlich benommen von der unerwarteten Nächstenliebe seiner reizenden Chauffeurin - den Bus erreicht und war dabei, sein schweres Gepäck für vierzehn Tage on Tour mit der Nu-Metal-Band Neosense in den Bus zu laden. Da ertönte das nervtötende Gequake des Crazy Frogs. Chris brauchte einen Moment, um festzustellen, dass das Geräusch aus dem roten Rucksack kam, den ihm Esteban zugesteckt hatte. Die Kollegen, die

Bier trinkend vor dem Nightliner standen, sahen ihn entgeistert an, als er sein Gepäck knapp neben einer großen Pfütze abwarf und den Anruf annahm. „Jamba-Spar-Abo oder was?", rief er in den Hörer, „Alter, was geht ab?" Esteban antwortete relativ emotionslos: „Pass auf, Mann. Das Ganze ist ein riesiger Haufen Scheiße, der zum Himmel stinkt. Nach diesem Gespräch wirst du dein Telefon verschwinden lassen. Ich werde dich schon erreichen. Die hatten es definitiv nicht auf mich abgesehen. Was hast du Vollidiot in Dubai getrieben? Du hast noch siebzig Sekunden, dann lege ich auf!" „Nichts. Verdammt. Wie meinst du das?" „Die haben dich angepeilt. Du hast dir irgendwie eine Wanze eingefangen. Na, ist der Groschen schon gefallen?" „Scheiße. Die Uhr?", vermutete Chris und wurde kreidebleich. „Schlaues Kerlchen. Pass auf: Wir haben ein paar von denen mit Sicherheit so in den Arsch getreten, dass jetzt auf dem Militärcampus ein paar Betten frei geworden sind. Also Augen aufhalten und kein Risiko eingehen. Vielleicht wissen sie nichts über dich, und mich kriegen die nicht. Da war eine Kamera am Gewehr von dem Typ, den ich entwaffnet hatte. Ich hab die zwar sofort ausgemacht, aber wer weiß? Ich versuche, noch etwas herauszukriegen. Der Rucksack hat einen doppelten Boden mit einer kleinen Beretta. Viel Spaß mit dem Koks und bleib am Leben." Esteban hatte aufgelegt.

„Mücke, bist du jetzt der Crazy Frog, oder was?", rief Johannes und reichte ihm eine Flasche Bier. Chris begrüßte jeden mit Handschlag und umarmte alle Kollegen, die er schon länger kannte. Dann standen sie da, genossen das Bier aus den begehrten grünen Flaschen und warteten auf den TL, der schon vor einer Stunde hätte da sein sollen. Auch zwei Beleuchter, die bis zur letzten Minute den letzten Trailerzug beladen hatten, ließen noch auf sich warten. In Zweier- oder Dreiergrüppchen rauchten und tranken die versammelten Crew-Mitglieder und sahen sich Videos und Fotos auf Smartphones, iPads oder Laptops an. „Mücke, du haust dir aber krass was weg. Sag bloß, du hast Stress mit einer Perle!", lästerte Rene, der längst auf Wodka mit Red Bull umgestiegen war.

In einem Nightliner hockte man sich gezwungenermaßen dicht auf der Pelle. Für die meisten wurde das erst erträglich, wenn sie ordentlich „einen im Kahn“ hatten, was die Qualität der einzelnen Gespräche nicht unbedingt aufwertete. Die Kollegen lebten für die Zeit des Jobs oder der Tournee im Tourbus. Die Toilette durfte man nur für das kleine Geschäft benutzen, während man mit acht bis zwölf Kollegen in kleinen Kojen untergebracht war. Die „Busbewohner“ waren auf die Duschen und Waschräume in den Hallen oder auf dem Festivalgelände angewiesen. Das strapazierte die Geduld der Techniker und stellte auch ihren Geruchssinn und den der Künstler selbst auf eine harte Probe. Es entstand ein soziales Gefüge, das nur funktionierte, wenn alle sich an die Regeln hielten.

Dieser Nightliner hatte zehn Sitzplätze in der unteren Etage, wo die Fahrt über gefeiert wurde, bis die Insassen betrunken genug zum Schlafen waren. Am nächsten Morgen erwachten sie dann vor der Konzerthalle oder auf dem Open-Air-Gelände, wo die Arbeit begann.

Mit drei Stunden Verspätung kamen die letzten Kollegen aus Hamburg an und die Crew war komplett.

Das erste Ziel war München. Dort sollte im Sodom, einem alten Musik-Club für Tausend Gäste, das Tourbesteck - die technische Anlage bestehend aus Beschallungsanlage und Bühnenscheinwerfern – zum ersten Mal aufgebaut werden.

„Morgen 8 Uhr Licht, 10 Uhr Ton, die Rigger 7 Uhr. Alles klar, in zehn Minuten Abfahrt. Räumt die Pullen weg. Danke.“ Ben, der Technische Leiter und Produktionsverantwortliche, war nicht für Small Talk bekannt, aber das machte ihn auf eine gewisse Art sympathisch. Bewerten oder interpretieren wurde überflüssig, da die Ansagen klar waren oder völlig ausblieben, was den Technikern ein hohes Maß an Eigenverantwortung, aber auch an Handlungsspielraum bescherte. „Wir müssen noch an die Tanke und Beck‘s nachkaufen!“, rief Chris.

***

Knapp zwei Stunden später war die Hälfte der Crew in den Betten und nur Chris, Rainer, René, Johannes und Ben saßen noch zusammen und hatten sich einiges zu erzählen, da sie sich teilweise ein paar Monate nicht mehr gesehen hatten. Renommierte Produktionen und auch „Porno-Jobs", wie weniger erfolgreiche Bühnenereignisse oft abfällig genannt werden, wurden in aller Ausführlichkeit diskutiert. Manchmal wussten die Beteiligten selbst nicht, welcher Kategorie ein Event zuzuordnen war.

„Alter, wie ich Metallica gemacht hab. Mann, das war mal ein Bass-Array, geil. Zwölf HP700 pro Seite geflogen und am Boden auch noch mal ein Schwung Basskübel, aber Stunden ohne Ende abgerissen, ab Mitternacht nix mehr zu trinken, kein Kaffee, verstehste?", schimpfte Rainer, der immer noch sämtliches Werkzeug am Körper trug, von Gerber-Tool, einer teuren Multifunktionszange mit Schraubenziehern, Säge, Messer und vielem mehr, bis hin zur LED-Taschenlampe. Chris wechselte geschickt das Thema und erlöste damit den Rest der Truppe vom Endlosmonolog des inzwischen sturzbetrunkenen Kollegen, der sich immer mehr in Rage redete. „Mensch, René, wie war der Trip nach Finnland?" „Aurora borealis ...", schwärmte René, der Bühnenmann der Ton-Crew. René war verantwortlich für die korrekte Mikrofonierung und eventuelle Umbauten, wie den Change-over von der Support-Band auf den Headliner. „Unglaublich, Leute, wirklich. Die Polarlichter sind echt gigantisch. Und alle elf Jahre ist das Spektakel besonders sehenswert. Ende November war Kyuss durch und Paul hatte sich doch diesen fetten Volvo zugelegt. Wir ultrakrasse Winterbereifung draufgezogen und mit noch einem Kumpel auf in Richtung Nordkap." René trank einen ordentlichen Schluck Bier und fuhr fort: „Dänemark, Kopenhagen und dann rüber nach Göteborg. Bis dahin alles easy. Wir hatten den Kofferraum natürlich voll mit ‚Währung', sprich: unzählige Pullen ALDI-Whiskey, ha ha. In Schweden an der Grenze meint einer der Zöllner: You got any alcohol? Wir so: Nee, nee, we don't, und so. Aber der Typ ließ nicht locker. Also haben wir denen drei Pullen gegeben. Danach hätten die uns auch noch die Karre durchgesaugt, ich schwör es euch."

Chris nutzte die kurze Erzählpause für einen gewaltigen Rülpser. „Der Stress fing an, als wir irgendwann nichts mehr zu fressen hatten. Im Winter ist da nichts los mit Gasthäusern und so. Wir hatten unterwegs mit dem Smartphone eine Hütte gebucht und sind losgeprescht. Ganz spontan. Aber irgendwann zickten wir uns nur noch total an. Eiweißmangel, Alter ... wetten? Also, Fazit: Fleisch muss her. Wir fahren da nachts durch das absolute Ödland, mit Karten am Hantieren und sehen da plötzlich ein Lagerfeuer unterhalb der ... na, Straße passt nicht so ganz. Das war mehr eine Halfpipe aus Schnee und Eis. Rechts und links türmte sich das Eis zwei Meter hoch. Jedenfalls sind wir da runtergerutscht und da waren irgendwelche Typen, die hatten ein hübsches Zelt und ein Lagerfeuer davor und ... waren am essen! Die Pulle Whiskey fanden sie toll, auch ohne Kommunikation, und irgendwann gelang es uns, einem begreiflich zu machen, dass wir Hunger hatten. Der Kollege geht raus um die Ecke, wir hören kurz darauf so ein Quieken und fünf Minuten später war Fleisch über dem Feuer. Quiek. Fupp! Klar bis da?"

Er sah fast vorwurfsvoll in die Runde. „Wir haben uns gefragt, was das wohl für Fleisch war, und wo der das her hatte. Das Lager war ja mitten in der Eiswüste ... Mit Händen und Füßen war keine Klärung des Rätsels zu erwarten, daher sind wir dann mal in dieselbe Richtung verschwunden, in die der Typ gegangen war, und was glaubt ihr haben wir gefunden? Da war aus Schnee und Eis so eine Art natürliches Becken entstanden und in diesem Becken wuselten ein paar Dutzend Feldhamster rum – wie die Lemminge ... die rutschen über die Kante und kommen da nicht mehr raus und dann kannst du die einsammeln. Fupp! Es waren Hamster und wir haben sie gegessen. Na und?" „Ja, die müssen da auch irgendwie klarkommen, die Dänen", meinte Ben und stand auf. „Ich bring dem Busfahrer noch einen Kaffee und dann mach ich mich lang. Bis morgen."

Kurz darauf brummte der Kaffeeautomat. Ben brachte das koffeinhaltige Produkt zum Fahrer und verschwand anschließend in die obere Etage des Busses, wo sich seine Schlafkoje befand. Die verschiedenen Kojen waren mit weißen Klebebandstreifen versehen, auf denen die Namen der einzelnen Crew-Mitglieder standen. Es kam nie sehr gut an, in das Bett eines Kollegen zu klettern, während er darin schlief ... „Scheiße, das ist mein Bett, du Penner!“, hörten sie unten jemanden aus dem Schlafbereich brüllen.

„Passt auf, jetzt kommt der Burner“, fuhr René fort, als oben wieder alles ruhig war. „Ungefähr eine halbe Stunde vor Ankunft in dem Kaff mit der Hütte, die wir online gemietet hatten, rufen wir per Handy da an. Da meint der Typ nur: ‚Wie, ihr kommt jetzt? Ich dachte, das war ein Versehen. Im Winter kommt nie einer.‘ Als wir da ankamen, stellte sich heraus, dass die echt nicht mit uns gerechnet hatten, weil sie die Hütte eigentlich nur im Sommer vermieten. Im Winter wohnen die selbst da!“ René erntete schallendes Gelächter von Seiten der alkoholisierten Zuhörer. Chris lachte ziemlich verhalten, da ihm die gebratenen Hamster nicht aus dem Kopf gingen. Er hatte als Junge dem Hamster seiner Freundin mit seinen Doc Martens versehentlich ein jähes Ende beschert. Noch heute meldete sich sein schlechtes Gewissen beim Gedanken daran.

„Das Ende vom Lied war dann, dass wir das ‚Sommerhaus‘ der Familie bezogen, die mit drei Generationen da hauste: Eine hundert Quadratmeter große Hütte, wo innen an jeder Wand Holz bis zur Decke aufgeschichtet war. Für den Kaminofen. Und wieder gab es Probleme mit dem Essen. Bei der Addams Family gab es nichts zu holen, da konnten wir uns schon für die Mahlzeit am Anreisetag glücklich schätzen. Es gab da nur so etwas wie einen Kiosk. Das war der Supermarkt. Außerhalb der Urlaubszeit ist da tote Hose. Die hatten ein Holzbrett mit einem Messer an einer Klo-Kette und auf dem Brett lag ... eine Gurke! Und ich hab gesehen, wie einer sich ein Stück Gurke abgesäbelt und das an der Kasse bezahlt hat. Mehr gab es da nicht.“ „Scheiße“, entfuhr es Chris. René starrte ihn kurz verwirrt an und fuhr dann fort: „Ja. Scheiße. Also dachten wir: Fisch! Wo Wasser ist, muss Fisch sein und wo Möwen sind, gibt es Wasser. Klar, oder?“ René wertete das Schweigen als Zustimmung und berichtete weiter: „Irgendwann nach dreißig Kilometern oder so sehen wir echt einen Arsch voll Möwen am Himmel und finden einen großen Anlegesteg mit einer riesigen Wellblechhütte. Darin haben die mit großen Trichtern mannshohe Fässer mit Fischen gefüllt. Fisch ohne Ende. Bis zum Abwinken. Wir haben direkt einen von den

Arbeitern angehauen: ‚We want fish.' Der Typ sagt die ganze Zeit nur: ‚No fish, no fish.' Argh! Wir halten dem zwei Flaschen Whiskey unter die Nase und plötzlich guckt der uns an: ‚Ahhh, fish ...' Dann nahmen der und ein Kollege einen großen, blauen Sack und hielten den mal kurz unter den Trichter. Alter, wir konnten den Sack mit zwei Mann kaum tragen und haben den irgendwann in den Kofferraum gequält." Wieder erfüllte hemmungsloses Gelächter im Konsens der Betrunkenheit den Bus. „Wir und die Addams Family haben drei Tage nur Fisch gegessen und uns immer die Polarshow auf einer Aussichtsplattform gegeben. Aber es war so kalt, dass der ganze Fisch draußen gefroren ist. In der Hütte hatten wir nach acht Tagen Fischverzehr einmal das komplette Holz verfeuert - ein guter Zeitpunkt für die Fischentsagung und die Abreise. Ihr könnt euch nicht vorstellen, wie geil der erste Royal TS auf der Rückfahrt geschmeckt hat." „Ja, das wär jetzt was. Oder Burger King", stimmte Chris zu und dachte: Aber keine verfickten Hamster.

Kapitel 9

Polizeidirektion Gefahrenabwehr
Köln-Kalk

Hauptkommissar Säger stand in seinem Büro und sah beim Telefonieren auf den Parkkomplex der Köln Arcaden, ein relativ neues Einkaufszentrum in Köln-Kalk. „Ich bin in einer Stunde in Bonn", versicherte Säger Karl Strauß, dem Regierungsvertreter am anderen Ende der Leitung, und legte auf. Die Auswertung des Films von einem der Opfer beim „Barbarossaplatz-Massaker", wie es im internen Jargon hieß, schien positiv verlaufen zu sein. Das Sturmgewehr des Beamten war von der Spurensicherung aufgefunden und gründlich untersucht worden. Hauptkommissar Säger sollte sich die Ergebnisse im Labor ansehen. Das ließ er sich nicht zweimal sagen. Er empfand tiefen Hass auf diese miesen Terroristen, die für den Tod seiner Kollegen verantwortlich waren. Und er würde alles daransetzen, sie unschädlich zu machen. Außerdem lief er ohnehin Gefahr, seinen Posten zu verlieren, wenn er keine Ergebnisse lieferte.

***

Säger saß im Besprechungsraum einer Einrichtung des ehemaligen Geheimdienstes der Regierung, die noch aus der Zeit des kalten Krieges stammte. Heute diente der Raum als Labor auf dem neusten Stand der Technik. Auf einem riesigen Plasmabildschirm lief nun schon zum zehnten Mal die Sequenz aus dem Treppenhaus der Kölner Wohnung. Der Film stammte augenscheinlich von dem Beamten, der den Einsatztrupp anführte. Man sah eine Kamerafahrt durch das Treppenhaus bis zur Haustür der Terroristen. Die Kamera blieb mit Blick auf die Tür stehen. Ein Beamter rückte mit einer Ramme vor, brach die Tür auf und das Bild bewegte sich rasend schnell auf die offene Tür zu. Säger stoppte den Film. „Ausdrucken!", befahl er dem Video-Techniker. Zu sehen waren zwei schwarz gekleidete, kräftige

Männer mit dunklen Haaren, deren Alter Säger unmöglich schätzen konnte. Das Video lief weiter. Die Kamera fuhr an der Person links neben dem Türrahmen vorbei. Offenbar zielte der Beamte zunächst nur auf die Person direkt vor ihm.

Er hat den anderen Wichser nicht gesehen, dachte Säger. Das Bild wackelte und zeigte dann den Fußboden. Nun wurde Säger mit einem schnellen Schwenk Zeuge, wie die nachfolgenden Polizisten förmlich zusammengeschossen wurden.

Er hat ihnen mit unserer Waffe die verdammten Beine abgeschossen", folgerte Säger. Der riesige Plasmabildschirm wurde schwarz.

„Er muss die Kamera ausgeschaltet haben. Das war ein Profi", sagte Säger mehr zu sich selbst. Er nahm die Fernbedienung, startete den Film von neuem und hielt ihn an, als die eine Person in der Mitte zu sehen war. „Ausdrucken, das Gesicht vergrößern und an die Kollegen zur Fahndung geben. Vielleicht haben wir da ja was. Abgleichen mit Interpol." Er ließ den Film ein Stück weiterlaufen. Dann rief er: „Stopp!" Die Kamera war direkt auf den roten Rucksack gerichtet, den der Terrorist in den Händen hielt. „Ausdrucken, vergrößern."

Zwei Stunden später saß Säger wieder in seinem Büro und aß eher lustlos einen Burger, den er sich unterwegs besorgt hatte. Sein Mail-Programm informierte ihn über den Eingang einer Nachricht von den Bonner Kollegen.

Sie waren fündig geworden.

So, du Scheißkerl, dann lass mal sehen, wer du bist.

Die E-Mail enthielt Fotos von einem Christian Mücke, seinen Lebenslauf und ein paar Einträge wegen Körperverletzung und Verstöße gegen das Betäubungsmittelgesetz.

„Christian Mücke, geboren am 3.8.1980 in Köln, Vater Michael Mücke, Oberfeldwebel im Ruhestand, Mutter am 22.07.1993 verstorben", las Säger und kommentierte: „Abitur hat der Mistkerl auch, aha ..." Er überflog die restlichen Informationen: „Am 2.7.1997 kam es bei der Observierung von fünf Mitgliedern des Motorradklubs MC Satan's Wheels, die im Verdacht standen, mit Drogen und Waffen zu handeln, zu einem Zwischenfall, an dem Herr Mücke ausschlaggebend beteiligt war. Die Bandenmitglieder bedrängten an besagtem Abend Herrn Lutz Dröge, der im gegenüber befindlichen Lokal ein Konzert veranstaltete. Herr Mücke war bei diesem als Aushilfe beschäftigt und kam ihm gegen die Bandenmitglieder zu Hilfe. Theo „Kralle" Fischbach, neununddreißig Jahre, wurden der rechte Arm und zahlreiche Rippen gebrochen. Günter „Fässchen" Dorkel, fünfundvierzig Jahre, erlitt starke Verbrennungen im Gesicht, ausgelöst durch einen Schlag auf den Kopf mit einer vollen Wodkaflasche und anschließendem Inbrandsetzen des Alkohols. Außerdem wurden Herrn Dorkel die Nase und neun Finger gebrochen. Markus „Hogan" Schäfer, neunundzwanzig Jahre, wurde mit seiner eigenen Schusswaffe, einer 38er-Colt-Cobra, in den linken Fuß und das rechte Knie geschossen. Außerdem wurde ihm der Kiefer gebrochen. Dem Anführer der Bande, Wolfgang „Püppchen" Brückner, achtunddreißig Jahre, und Friedhelm „Friedel" Nietmeyer, ebenfalls achtunddreißig Jahre, gelang die Flucht in ihr in unmittelbarer Nähe befindliches Stammlokal Rut Wiess Eck, wohin Mücke ihnen folgte. Obwohl er außer sich vor Wut versuchte, sich dort Einlass zu verschaffen, konnten die darin befindlichen Bandenmitglieder den Zugang verhindern, bis die von den Rockern zu Hilfe gerufenen Streifenbeamten Christian Mücke festnahmen." Leck mich am Arsch, was ist das für ein Typ, wunderte sich Hauptkommissar Säger.

Er betrachtete die zahlreichen Fotos von der Prügelei, nahm das Telefon und wählte die Nummer im Absender der E-Mail. „Schmidt, Polizeidirektion Bonn ..." „Säger. Herr Schmidt, danke Ihnen für die schnelle Bearbeitung. Das ist ja eine ganze Menge, was wir da haben. Auch wenn ich noch nicht die geringste Idee habe, wie das hier alles zusammenpasst. Dieser Mücke, wieso ist der nicht unter Arrest gestellt worden? Wieso konnte der so lange überleben, nachdem er sich mit dieser Gang angelegt hatte, und vor allem: Wie konnte er die so fertig machen?" „Er hat nur eine Bewährungsstrafe bekommen, weil dieser Dröge ihm eine Festanstellung anbot und zu seinen Gunsten aussagte. Notwehr und so. Wir konnten ja nicht zugeben, dass wir alles beobachtet hatten ohne einzuschreiten. Die Priorität lag auf der Observierung", erklärte Schmidt und fuhr nach kurzer Pause fort: „Mücke hat sich vorher mit Gelegenheitsjobs und Drogenhandel über Wasser gehalten. Ganz kleine Wurst. Er sollte nach der Schule in die Fußstapfen seines Vaters treten und war sogar auf der Führungsakademie der Bundeswehr in Hamburg. I-a-Abitur, aber trotzdem nach der Grundausbildung alles hingeschmissen. Da hat er auf jeden Fall alle Auszeichnungen in Kampfsport und Selbstverteidigung mitgenommen. Er kann nur nicht gehorchen. Außerdem wollten wir ihn laufen lassen. Wir mussten davon ausgehen, dass sich die Bande an ihm rächen wollte. Günter Dorkel sieht jetzt aus wie Niki Lauda. ‚Hogan' kann nie wieder richtig laufen und seine Motorik ist auch dahin. Und dann die Schmach ... Es war ja nur ein Mann. Jedenfalls hatten wir Recht. Wir beschatteten Mücke und nach nur einem Monat wollten sie ihn überfallen. Wir erwischten alle neun Mitglieder auf einen Streich und konnten sie einbuchten. Schwerer bewaffneter Überfall, versuchte Freiheitsberaubung und das Waffenversteck haben wir auch gefunden. Sie wollten Mücke dort restlos fertigmachen."

„Ihr habt zugelassen, dass sie ihn entführen?", schrie Säger in den Hörer. „Na ja, ich war damals selbst bei dem Einsatz dabei und kann Ihnen nur eines sagen: Er hat zwei ganz schön zerlegt. Diesen Brückner hat er fast umgebracht. Dann schlugen sie ihn bewusstlos. Wir hatten natürlich alles unter Kontrolle und wären eingeschritten, wenn ... Eigentlich tut uns Brückner fast leid. Er sitzt in Wuppertal in der JVA. Sie können ihn selber fragen, wenn Ihnen das nützt?" „Vielleicht sollte ich das tun ...", murmelte Säger. „Noch etwas", unterbrach ihn Schmidt. „Wir haben das Foto von diesem roten Rucksack unter die Lupe genommen - das Ergebnis passt nicht so ganz ins Profil unserer Zielperson: Zu siebenundneunzig Prozent stammt dieser Rucksack aus den Beständen der israelischen Armee. Die Dinger haben verschiedene Spezialhalterungen und gehörten zur Ausrüstung der Fallschirmjäger im Irakkonflikt 2003, deshalb die auffällige Farbe. So konnten sie nach der Landung leichter gefunden werden. Außerdem sind die Teile absolut wasserdicht, hitzebeständig und fast kugelsicher. Darin wurden unverzichtbare Ausrüstungsgegenstände transportiert. Später hat man diese Rucksäcke auch bei Söldnern gefunden. Das schlägt meiner Meinung nach eine kleine

Brücke zu der Frage, wie Mücke in die ganze Geschichte mit der eigentlichen Zielperson, Scheich Abad Dus Kashis III, passen könnte."
„Hmmm. Wenn ich Sie nicht hätte, Schmidt. Danke", sagte Säger und legte auf.

Kapitel 10

JVA Wuppertal, Simonshöfchen

Sie hatten Mückes Wohnung durchsucht, aber keine neuen Indizien gefunden. Lediglich die Daten aus Mückes Computer mussten noch überprüft werden. Um die Zeit zu überbrücken, hatte Säger sich aufgemacht, um den Anführer der Rockergruppe zu vernehmen.

Wolfgang „Püppchen“ Brückner betrat den Besucherraum der Justizvollzugsanstalt Simonshöfchen in Wuppertal, der Stadt, „wo die Straßenbahnen in der Luft hängen“, wie Säger gerne sagte. Als Säger den Inhaftierten zwischen den beiden groß gewachsenen Vollzugsbeamten erblickte, wurde ihm bewusst, weshalb Brückner den Spitznamen „Püppchen“ trug. Er wirkte mit knapp einem Meter fünfzig fast zwergenhaft, war auch insgesamt schmächtig und machte mit seinen stechenden Augen und dem grimmigen Blick einen sehr unsympathischen Eindruck. Wie man Säger mitgeteilt hatte, war mit ihm nicht zu spaßen. Wenn er mit einem Messer bewaffnet war, wurde seine Kampfkunst nur noch durch seine Hinterhältigkeit übertroffen. Davon waren alle Justizbeamten in Brückners Umfeld überzeugt. Man hatte Säger außerdem empfohlen, den Namen Christian Mücke so subtil wie möglich zur Sprache zu bringen.

„Was wollen Sie?“, knurrte Brückner, nachdem er an einem kleinen Tisch bei Säger Platz genommen hatte. Der Hauptkommissar antwortete nicht und legte stattdessen das Foto von Christian Mükke vor ihm auf den Tisch. Brückner starrte das Bild an und wurde leichenblass. Plötzlich sprang er auf und brüllte hasserfüllt: „Der Wichser! Der verrückte Scheißkerl! Wo ist der! Den bringe ich um!“ Sofort eilten die Vollzugsbeamten herbei, packten ihn und ließen ihn einen halben Meter über dem Boden baumeln. Dabei riss sein Hemd auf und gab den Blick auf eine lange Narbe frei, die quer über seine Brust verlief und von der Schulter bis in den Bereich unterhalb seines Gürtels reichte. „Der Wichser. Das hat er mir mit meinem eigenen Messer angetan. Mit meinem Messer! Wo ist der Kerl?“

„Ich stelle hier die Fragen!", herrschte Säger den Rocker an. Den Satz wollte ich schon immer mal sagen, dachte Säger. „Wie konnte dieser sympathisch wirkende junge Mann dich und deine Bande so fertigmachen?" „Verarsch mich nicht, du Scheißbulle. Der gehört doch zu euch. Ihr habt uns in die Falle gelockt! Der hat eine Spezialausbildung gemacht. Bei euch Wichsern." Nicht bei uns. Aber im Prinzip hat der Vollidiot wohl ins Schwarze getroffen, überlegte Säger, als plötzlich sein Handy klingelte. „Ja, Säger hier ... Aha. Ja, gut. Ja, genau ... in der Schweiz? Das ist schlecht. Ach so. Das heißt, er arbeitet in drei Tagen sowieso in der Music Hall? Das ist ja ein Ding! Er kommt nach Hause? Da schnappen wir ihn uns! Dann können wir den Zugriff gut vorbereiten. Gut, ich denke, ich bin hier gleich fertig. Leiten Sie alles in die Wege. Danke." Nachdem er das Telefonat beendet hatte, sagte er zu Brückner: „Tja, mein Lieber. Wenn ich deinen Freund geschnappt habe, stecke ich ihn zu dir in die Zelle, dann könnt ihr eurer Liebe eine zweite Chance geben." Säger lachte schallend über seinen eigenen Witz.

Brückner traute seinen Ohren kaum. Kein Zweifel, der Kommissar fahndete tatsächlich nach Mücke, der Person, die er so sehr hasste, weil er ihr verdankte, dass er bereits dreizehn Jahre Knast absaß. Sein Erzfeind war verantwortlich dafür, dass er mindestens einmal die Woche von irgendeinem dieser durchgeknallten Macho-Penner in den Arsch gefickt wurde. Manchmal zwangen sie ihn auch gnädigerweise nur dazu, andere oral zu befriedigen. Oh ja, es gab keinen Tod, den er Mücke noch nicht gewünscht hätte in den letzten hundertfünfunddreißig Monaten, zwei Wochen, drei Tagen und fünf Stunden. Nun gaben ihm ausgerechnet die Bullen selbst die Informationen, die er so dringend brauchte. Es passte alles so gut zusammen. Er hatte über Monate seine Flucht geplant, seitdem der vierte Antrag auf vorzeitige Entlassung abgelehnt worden war. Und er stand kurz davor abzuhauen.

Als er wieder in seiner Zelle war, überschlugen sich die Gedanken in seinem Kopf. Es war schwer, bei all der Freude, dem Hass und den Rachegelüsten einen kühlen Kopf zu bewahren. Offensichtlich wurde ihm Mücke auf einem Silbertablett serviert. Er musste nur in drei Tagen am richtigen Ort sein. Das bedeutete, ihm blieben noch zwei Tage für die Flucht. Dann würde es ein Wiedersehen geben mit dem Mann, der den Anführer der gefürchteten Satan's Wheels erniedrigt, der Freiheit beraubt und für den Rest seines Lebens mit einer Narbe gezeichnet hatte. Durch den Schnitt mit dem Messer hatte er auch den linken Hoden verloren, was seinen Vergewaltigern im Knast noch mehr Anlass gab, ihn zu schikanieren. Er zog sein Handy aus dem Versteck. Zum Glück gab es genug Menschen, die zu ihm standen. „Bongo, ich bins. Brauche morgen den Transport."

Kapitel 11

Drei Tage später, 4:00 Uhr im Tourbus, irgendwo auf der A3

„Yes, mate. That would be very nice. I'm facing some trouble here at the moment, though ... What? Yes, of course it's about girls. Yes! Ha, ha. Fucking bitches. Yes. Oh. I know. Yes. Ha, ha, ha. You're so right, mate. Okay. Thanks, Cyril. I'll call you back when I'm in London. I am happy with that. Thank you very much."

Chris legte auf. Er saß allein in der Lobby des Nightliners und freute sich über den gerade erhaltenen Anruf, den er insgeheim als Geschenk des Schicksals empfand, das ihm nach eigener Auffassung in letzter Zeit genug Probleme bereitet hatte. Ein Pult-Operator bei einer englischen Fernseh-Produktion war ausgefallen und Cyril McFellow, ein alter Freund von Chris und Esteban, der eine kleine Agentur für Freiberufler betrieb, suchte händeringend nach Ersatz. Wenn Chris das Angebot annahm, würde er die nächsten drei bis vier Monate außer Landes verbringen und musste sich weder um Unterkunft noch um Essen kümmern. Deutschland wurde ihm ohnehin zu heiß. Er musste schnellstens nach Trier, wo er einen Notfallvorrat an Bargeld bei einem seiner besten Freunde hinterlegt hatte. Sein Motorrad stand bereits in Köln auf dem Parkplatz am Club. Es war reiner Zufall, dass er die Maschine ausgerechnet im Hinterhof des Clubs geparkt hatte. Aber er kannte den Besitzer und hatte die Nacht zuvor bei Celine verbracht, die fünf Minuten von dort wohnte. Das hatte den Vorteil, dass er damit nach Manier eines afrikanischen Diktators sofort nach Trier verschwinden konnte, wenn der Ersatzmann eintraf, den es noch zu finden galt. Chris hatte keine Lust, der Crew zu erklären, weshalb er gehen musste. Er drehte sich eine Tüte mit feinstem Marihuana aus Estebans Rucksack und überlegte, wer sich um diese Zeit über ein Jobangebot freuen würde.

Kapitel 12

Köln, Music Hall, 8:00 Uhr

Brückner starrte auf den Nightliner, der schon nachts vor dem Kölner Club angekommen war. Gleich würde er aussteigen. Nach seiner spektakulären Flucht in einem Wäschecontainer der JVA war Brückner euphorisch, was seine Rachepläne betraf. Dass er ausgerechnet die Wäsche eines Bettnässers erwischt hatte, war bedauerlich, aber alles Weitere verlief nach Plan. Er hatte einen der Stagehands abgefangen, seinen Namen in Erfahrung gebracht und ihn dann abgestochen. Jetzt fungierte er in der Helfer-Crew als dessen Ersatzmann. „Stefan ist krank geworden. Das ist Wolf. Los geht's. Vier Mann in den Truck, du auch, Wolf, und zwei Mann rein, Kisten schieben. Ab!", kommandierte der Crew-Chef. Wolf, wie passend, dachte Brückner. Der Wolf, der seine Beute jagt ... Alle setzten sich in Bewegung. Während der Fahrer die Klappen des Sattelaufliegers öffnete, zogen Brückner und seine drei Kollegen die schwere Aluminiumrampe seitlich heraus, legten sie an den Trailer an und fingen an auszuladen. Die schweren Transportkisten waren teilweise dreifach übereinandergestapelt und mussten auf die Rampe heruntergehoben werden, wo die restlichen Helfer übernahmen und die Kisten nach Anweisung der Techniker in der Halle verteilten. Eine Mordsarbeit, fand Brückner. Nach einer guten halben Stunde hatte er das Gefühl, kurz vor dem Zusammenbruch zu stehen. Die Kippe in seinem Mundwinkel war längst ausgegangen und der Schweiß rann ihm über Gesicht und Rücken. Plötzlich brüllte jemand in den Truck:

„Hey, brich dir nicht den Hals, kleiner Hobbit. Komm mal mit mir. Du kannst das Multicore legen, das ist eher was für dich." Als Brückner sich umdrehte, sah er Mücke vor sich stehen. Schwarze Cargo-Hosen, dazu Schnürstiefel, schwarze Jacke, ein Fan-Shirt vom Comedian Atze Schröder mit der Aufschrift „Bin da. Kann losgehen!" und einen großen Kaffeebecher in der Hand. „Gib Gas! Oder hast du dich in mich verliebt?", rief Mücke.

Er erkennt mich nicht, stellte Brückner fest. Umso besser.

Mücke zeigte ihm eine Kiste vor der Bühnenkante. „Hier drin ist es. Das Ende mit dem Stecker bleibt hier, das andere zur Front of House ans Mischpult. Einmal außen lang und dann die Kiste zur Amp City, klar? Ich geh mal pissen. Bis gleich, Bilbo." Brückner hatte kein Wort verstanden, aber eine bessere Chance konnte er kaum bekommen.

Auf dem Klo mach ich dich fertig, Drecksack.

Er sah, wie Mücke in Richtung der Toiletten ging, aber kurz vorher von einem Kollegen abgefangen wurde. Brückner schlich sich an den beiden vorbei und versteckte sich hinter der Toilettentür, die er einen Spalt offen ließ. Es dauerte nicht lange, bis er Mücke auf sich zukommen sah. Ohne zu zögern zog Brückner sein Armeemesser. Wieso rann ihm plötzlich so viel kalter Schweiß über den Körper? Da war Mücke ... aber er schien vor seinen Augen zu verschwimmen. Brückner spürte Stiche im Brustkorb. Ihm wurde schwarz vor Augen. Das Messer fiel ihm aus der Hand und rutschte in eine benachbarte Toilettenkabine. Sein Herz hatte aufgehört zu schlagen.

Chris, der ein Poltern vernommen hatte, öffnete die Tür, aus der das Geräusch gekommen war.

„Ach du Kacke. Der kleine Helfer ist zusammengeklappt. Johannes, komm mal schnell!"

Chris' Handy klingelte. „Ja?" „Los, hau sofort ab. Die Bullen stürmen den Laden. Jetzt!", meldete sich Esteban und legte auf. Während die Kollegen ihm zu Hilfe eilten, stürmten Polizisten und SEK-Beamte die Laderampe. „Polizei. Nicht bewegen!"

Chris drängte sich an dem am Boden liegenden Zwerg vorbei und kletterte durch das kleine Fenster in den Innenhof. Glücklicherweise hatte er vor Beginn der Arbeit sein Gepäck auf dem Bike befestigt. Den Kollegen, der sich bereiterklärt hatte, seine Tour zu übernehmen, konnte er jetzt auch nicht mehr einweisen. Jetzt hieß es: So schnell wie möglich Abstand zwischen sich und die Bullen bringen.

Während Chris mit seinem Motorrad flüchtete, sah Säger sich die Leiche von Wolfgang Brückner an. Ein Beamter kam mit einem Armeemesser zu ihm. „Haben wir in der Klokabine gefunden", erklärte er. „Herr Hauptkommissar?", meldete sich ein weiterer Beamter. „Die Techniker fragen, ob sie weiter aufbauen dürfen." „Bitte?", fragte Säger entgeistert. „The show must go on!", antwortete der Beamte und grinste. „Nicht zu fassen! Macht eure Fotos, schafft den Zwerg zur Obduktion und die sollen in Gottes Namen weitermachen. Der Vogel ist ausgeflogen. Hier ist für uns nichts mehr zu holen", befahl Säger wutschnaubend und nahm im Vorbeigehen einem der Techniker den Kaffee aus der Hand.

Weil die Mühlen der Bürokratie zu langsam mahlten, hatte sich der Einsatz um mehrere Stunden verzögert. Säger wartete schon seit 3 Uhr nachts, dass er zupacken konnte.

Wieder einmal hatte der deutsche Staat sich selbst ein Bein gestellt. Da half auch der Kaffee nicht mehr.

***

Einige Stunden später war Säger in seinem Büro und sprach mit dem Einsatzleiter über die Ergebnisse der Spurensicherung und der Obduktion. „Demnach ist Brückner eines natürlichen Todes gestorben?", argwöhnte Säger. „Ja. Er hat nach all den trägen Jahren im Knast bei den Roadies ungewohnt schwere körperliche Arbeit geleistet. Und dann noch der Hass auf Mücke. Die Chance, seinen größten Feind kaltzumachen, muss ihn sehr aufgeregt haben. Die Kombination war zu viel für sein Herz. Das Messer, auf dem nur Brückners Fingerabdrücke waren, muss er verloren haben", erklärte Einsatzleiter Kramer nicht ohne Stolz.

Kommt sich vor wie Sherlock Holmes, der feine Herr. Sägt wahrscheinlich auch schon an meinem Stuhl, mutmaßte Säger. „Haben wir sonst noch was?", erkundigte er sich. „Bei den Technikern im Bus haben wir insgesamt vierundzwanzig Gramm Marihuana sichergestellt. Keiner weiß, wo Mücke hin wollte. Klar war nur, dass er heute die Produktion verlässt, wie man in der Branche sagt." Säger fiel der schwere Pokal im Regal neben Kramer auf, den er bei einem Polizeisportturnier gewonnen hatte. Ob das Ding Schaden nehmen würde, wenn er es seinem ambitionierten Gegenüber auf den Kopf schlug? Säger verdrängte den Gedanken und antwortete mit erzwungener Ruhe: „Gute Arbeit, Kramer. Dankeschön."

Kapitel 13

Trier

Chris hatte in Köln-Mülheim bei seinem türkischen Freund Dogan eine alte Ducati Monster gegen die BMW getauscht und dabei seine Bargeldreserven fast aufgebraucht. Natürlich gehörte dazu auch ein neues, „sauberes" Nummernschild. Er hatte sich den Tag über bei Dogan versteckt. Chris konnte seine Situation immer noch nicht ganz erfassen. Da Esteban sich bisher nicht mehr gemeldet hatte, hielt Chris an seinem Plan fest, nach Trier zu fahren. Er war mehr als frustriert, als er das Bike abends in einem Hinterhof in der Trierer Altstadt abstellte. Mit einem Auto wäre es unmöglich gewesen, einen Parkplatz zu finden, denn am Wochenende herrschte reger Betrieb in den engen Straßen. Chris ging zu einem Eckhaus, das mit seinem kleinen, runden Turm sehr pittoresk wirkte, und drückte die Klingel neben dem einzigen Schild ohne Namen. Nach ein paar Sekunden summte der Türöffner. Eine enge Wendeltreppe führte nach oben in die dritte Etage, wo sein alter Freund Peter „PeeWee" Werner im Eingang seiner Penthouse-Wohnung stand und breit grinste. „Mensch, Mücke, immer wenn du hier auftauchst, hast du entweder Probleme oder du willst feiern. Mit einem Exzess endet es sowieso!" Sie umarmten sich. „Komm rein, Mücke. Hier wartet schon jemand auf dich." In der Küche saß Esteban und grinste von einem Ohr zum anderen. „Das war ganz schön knapp, mein Lieber. Wenn die Scheißbullen nicht so dumm wären, hätten die dich schon an der Grenze aus dem Bus gezogen. Offensichtlich gibt es einen netten kleinen Film mit uns. Wundert mich, dass der nicht schon im Internet zu sehen ist. Kacke. Komm, nimm eine Nase", schlug Esteban vor und hielt ihm eine leere CD-Hülle mit mehreren Lines Kokain hin. Chris zog zwei weg, ehe er antwortete: „Echt Kacke!" Esteban zündete einen ziemlich dicken Joint an, den er aus seiner Zigarettenschachtel gefingert hatte, und fuhr fort. „Meine Kontakte in Afghanistan wollen den Ball flach halten und ich kann im Moment nichts für dich tun. Hat das mit London geklappt?", fragte Esteban. Chris stutzte. Wieso wusste Esteban ... Na logisch, wer sonst hätte Cyril seine neue Handynummer geben können. Als er nickte, rief Esteban: „Darauf trinken wir einen. Lass uns in die Stadt gehen."

***

Eine halbe Stunde später saßen sie in der „Lupe", einer kleinen, gemütlichen Kneipe, in der man sogar rauchen durfte. Zum ersten Mal seit einer gefühlten Ewigkeit stand Chris wieder diese ausgelassene Unbeschwertheit ins Gesicht geschrieben, die ihn vor allem beim anderen Geschlecht so beliebt machte. Während sie in schneller Abfolge Bier und Wodka an ihren kleinen Tisch bestellten, wurde Chris bewusst, welche Dankbarkeit er Esteban gegenüber empfand. Chris würde diese Misere nicht allein durchstehen müssen. Sein Freund war wieder für ihn da.

Im Hintergrund lief angenehme Club-Musik von den Red Hot Chili Peppers, als ein schmächtiger junger Mann mit Pferdeschwanz, Wollpullover und Akustikgitarre die „Lupe" betrat. „Nee, oder?", meinte Esteban, als der Fremde die Gitarre mühsam aus ihrer Hülle schälte und begann, sein Instrument zu stimmen. Dann schlug er einen Akkord an und begann, trotz der Musik aus den Lautsprechern den Anfang von Wonderwall zum Besten zu geben. Esteban stand auf, riss dem Musiker die Gitarre aus der Hand und verließ in aller Ruhe damit die Kneipe. Kurz darauf kam er ohne das Instrument zurück und sagte zu dem Künstler: „Und du gehst jetzt am besten den Weg deiner Gitarre." Er bestellte am Tresen noch eine Runde und ging dann zurück zu Chris und PeeWee. „Danke, Mann", sagte PeeWee und trank aus. Der Zopfträger schlurfte mit wüsten Beschimpfungen hinaus.

„Mücke, ich gehe mit dir nach London. Es gibt eh die eine oder andere Sache, die ich auf der Insel noch erledigen muss. Außerdem kannst du in meinem Haus pennen, da findet dich Interpol nicht so schnell", verkündete Esteban nach einer Weile. „Was hast du denn jetzt verbockt, Mücke?", erkundigte sich PeeWee und bekam vor

Aufregung einen Hustenanfall. Als er sich wieder beruhigt hatte, antwortete Chris:

„Nichts. Also fast nichts. Paar Bullen sind draufgegangen, aber eigentlich ist die El Kaida schuld. Quasi. Wegen Dubai." PeeWee starrte Chris mit offenem Mund an. Als er seine Sprache wiederfand, fragte er: „Machst du nicht mehr dieses Veranstaltungsding mit den Mischpulten und so?" „Doch, schon." „Aha, und das stört natürlich die Taliban oder was? Interpol! Jetzt verarscht mich nicht, sonst hole ich den Spacko mit der Gitarre zurück, ihr elenden Schwanzlutscher!"

Gemeinsam klärten Chris und Esteban ihren Freund über alle Ereignisse seit Dubai auf. Nach zwei weiteren Runden Bier und Wodka war PeeWee zwar um viele Erkenntnisse reicher, aber all seiner Fassung beraubt.

„Sagt mal ... seid ihr verrückt?" Die nächsten Worte flüsterte er fast: „Ihr könnt doch nicht ein Massaker anrichten und hier so tun, als ob nichts wäre?" „Doch", erklärte Esteban und lehnte sich in seinem Stuhl nach hinten. Zwischenzeitlich hatten fünf junge Männer zwei der freien Tische nebenan zusammenschoben. Von der durch Alkohol und Möbelschieben entstandenen Gruppendynamik beflügelt, unterhielten sie sich in einer für die anderen Gäste unzumutbaren Lautstärke. Dass einer von ihnen Esteban dabei auch ständig beim Stuhlkippeln berührte, war eher unklug.

„Das hier ist die ‚Lupe' und nicht Facebook. Hör auf, mich anzustupsen und halt endlich die Fresse oder ich breche dir die Nase", herrschte Esteban seinen Nachbarn an.

„Ich kann hier genauso sein wie du, du Pimmel. Du hast hier nichts zu bestimmen", konterte dieser verärgert und wurde von seinen Freunden durch kräftiges Gejohle bestärkt. „Kläre ich ab", sagte Esteban und stand auf. Chris sah den Nachbarn schon mit kubanischer Krawatte auf dem Fußboden liegen, aber Esteban ging zum Tresen und winkte den Besitzer zu sich heran.

Er schob einen Aschenbecher und einige leere Gläser beiseite und legte einen Fünfzig-Euro-Schein auf die Theke. „Der ist für die Made im Carhartt-Zweiteiler, die direkt hinter mir rumstinkt." Nach und nach legte er weitere Scheine neben den ersten, während er erklärte: „Der ist für die Fratze mit dem Oasis-Kapuzenpulli daneben. Der hier für die Hackfresse mit den Pickeln im karierten Jackett. Dieser Schein ist für die schwarz gefärbte Schwuchtel mit dem Metallica-Shirt. Der ist für den Ed-Hardy-Motherfucker und hier ..." - er legte auf den letzten Fünfziger noch einen Hunderter darauf - „Für den bekommst du noch etwas extra, weil Ed Hardy schon immer etwas Besonderes war. Ich gehe jetzt pissen und wenn ich wiederkomme, sind die weg. Und wir bekommen noch mal das Gleiche. Schreib es auf meinen Deckel. Danke, Hans."

Hans, der Wirt, näherte sich der lustigen Truppe, die unüberhörbar den glorreichen Sieg über Esteban feierte.

„Jungs: Der freundliche Herr hat gerade eure Getränke bezahlt und wir schließen jetzt sowieso. Ich muss euch bitten zu gehen. Wenn ihr euch weigert, möchte ich nicht in eurer Haut stecken. Tschüs." Hans schnappte sich zwei fast volle Gläser in nächster Nähe und begab sich zurück hinter den Tresen. Ein umständliches Stühlerücken und Gemurmel begann, als die Truppe sich entschied, dem Rat des Wirts lieber nachzukommen.

***

Zwei Stunden später waren die drei Freunde die letzten Gäste. Als Chris gerade die letzte Line Kokain direkt vom Kneipentisch zog, meldete sich PeeWee zu Wort: „Jetzt ist Zeit für das schöne Geschlecht, finde ich!" „Lass deinen Prengel stecken oder ich kotz dir ins Gesicht", erwiderte Chris und zog die Nase hoch. „Das schöne, nicht das große, Mücke. Los, wir gehen in einen netten Club. Ich kenne den Besitzer."

***

Keine halbe Stunde später betraten sie einen unscheinbar wirkenden Club in der Nähe der Konstantinbasilika.

Ein kleiner, purpurfarbener Neonschriftzug kennzeichnete ihn als das Numbers.

Es dauerte allerdings nur fünf Minuten, bis die drei Freunde sehr grob von zwei glatzköpfigen Anzugträgern hinausbefördert wurden.

Völlig unschlüssig und schweigend schlenderten sie eine Zeit lang durch die Konstantinstraße.

„Ich konnte ja nicht ahnen, dass es die Freundin des Besitzers war. Tut mir leid, Leute", rechtfertigte sich PeeWee, als eine Dose Bier aus dem Nichts geflogen kam und Chris am Kopf traf.

Kapitel 14

Tags darauf im Restaurant Hansen-Keller, Köln

„... und ich sag zu ihr: Hör mal, wenn es um meine Kinder ginge, wäre mir der Job doch egal! Und, schau ..." Hauptkommissar Säger hatte seine Frau Ingeborg anlässlich des einundzwanzigsten Hochzeitstages zu einem gediegenen Essen in einem Nobelrestaurant in der Kölner Innenstadt eingeladen. Die Reservierung hatte er widerwillig auf die Empfehlung seines verhassten Kollegen Kramer hin getätigt, der ein Cousin des Besitzers war. Da der Kommissar den Hochzeitstag beinahe vergessen hätte, war ihm nichts anderes übrig geblieben, als auf Kramers Restauranttipp einzugehen. Ohne die Hilfe seines unsympathischen Kollegen hätte er so kurzfristig gar keinen Tisch mehr bekommen. Weder hier noch in einem vergleichbaren Restaurant. Kramer, das Arschloch. Dass die Preise gepfeffert waren, ließ sich nach Sägers Ansicht jetzt schon bestätigen, während das Ambiente nicht so ganz zu den Preisen auf der Karte passte. Das hässliche Interieur bekräftigte seine Abneigung gegen Kramer. Die langweiligen rustikalen Holzvertäfelungen bissen sich mit den modernen Gemälden zeitgenössischer Möchtegernkünstler. Billige Tischdecken, unbequeme Holzmöbel auf Teppichböden, die in den 1990er-Jahren mal angesagt gewesen sein mochten. Die nachträglich eingebauten Edelstahlkonstruktionen in Form von Geländern und Ablagen passten weder zu den Möbeln noch zu den Wänden. Ein viel zu voluminöser Tresen gab dem Ambiente den Rest. Aber der Gipfel, so fand Säger, war die Bedienung.

„Schatz, ich finde, wenn Maria sich auf ihren Job konzentrieren möchte, ist das doch in Ordnung ...", versuchte er seiner Frau gerade zu erklären, als er jäh unterbrochen wurde:

„Haben Sie schon gewählt?", brüllte die korpulente, in eine altertümliche rosa Schürze gekleidete Kellnerin plötzlich direkt neben Frau Sägers Ohr. „Wir haben doch schon vor zehn Minuten bei Ihrer Kollegin bestellt!", entgegnete Frau Säger irritiert und zeigte hinüber zum Tresen. Dort stand lässig angelehnt eine junge Frau und starrte völlig unbeteiligt auf das Display ihres Smartphones. Sie wirkte wie in einem Paralleluniversum gefangen. Das Einzige, was sich bewegte, war ihr Daumen, der über den kleinen Touchscreen ihres Telefons zuckte.

„Die ist neu!", erklärte die Dicke und wollte sich gerade umdrehen, als Frau Säger auf den Blumenstrauß aus verendeten Rosen zeigte. „Nehmen Sie den doch bitte mit, ja?" Die Bedienung riss mit einer hastigen Bewegung, bei der Säger automatisch zu der Stelle griff, wo sich unter normalen Umständen seine Dienstwaffe befand, die Blumen vom Tisch und ging.

„Unmöglich", stellte Frau Säger fest. „Was wolltest du gerade sagen, Schatz?" „Äh, ja. Maria, äh, sie ... Ich meine, sie ist bei einem Unternehmen mit viertausend Mitarbeitern in der zweiten Führungsebene und wenn sie jetzt eine Ebene tiefer geht, ist sie doch ..."

„So! Tut mir leid. Die waren gestern schon kaputt. Essen kommt gleich. Noch was zu trinken?", brüllte die Dicke und knallte ein billiges, mit bunten Eiern und Hasen verziertes Glas auf den Tisch. Darin schwamm eine einsame vertrocknete Rosenblüte. „Bitte schön! Ist doch viel hübscher so!", fügte sie hinzu und ging. „Wenn die Kuh mich noch einmal unterbricht, verhafte ich sie!", murmelte Säger. Er sah auf die Uhr. Seit etwa vierzig Minuten lief im Fernsehen Aktenzeichen XY ungelöst. Säger erwartete mit Spannung die Reaktion auf den Beitrag über das Kölner Massaker und Christian Mücke. Im Moment fehlte jede Spur von dem Kerl. Das Essen erwies sich als köstlich, was die Laune des feiernden Paares erheblich hob. Als die arbeitsunwillige jüngere Kellnerin die Reste des Nachtischs abräumte, sagte Säger: „Wir würden gerne zahlen. Nehmen Sie Kreditkarten?"

„Näh. Dat Dingen ist im Arsch. Kommt in zwei Tagen wieder." „So lange wollte ich jetzt nicht hierbleiben. Geht EC-Karte?" „In zwei bis drei Tagen erst, wenn der Apparat wieder da ist." „Na toll. Dann bitte die Rechnung." Er wandte sich an seine Frau: „Schatz, ich geh mal kurz zum Automaten, Geld holen. Bin gleich wieder da."

Kapitel 15

Trier, Innenstadt

Zur selben Zeit saßen Chris, PeeWee und Esteban in einer Pizzeria an einem Tisch im hinteren Bereich des Lokals, als PeeWee das Schweigen brach: „Mann, das hätte so schön sein können gestern, wenn diese Arschlöcher nicht aufgetaucht wären." „Oh ja", bestätigte Chris und rieb sich die Beule am Hinterkopf. „Obwohl ich finde, dass Esteban etwas überreagiert hat. Ich glaube, der Penner gibt seine Gene nicht mehr weiter", mutmaßte PeeWee. „Ganz im Gegensatz zu dir", bemerkte Chris. „Du fickst doch alles, was Körpertemperatur hat." „Schnauze, alle!", rief Esteban, der den beiden gegenübersaß und den Blick auf einen altmodischen Fernsehapparat über ihren Köpfen gerichtet hatte. „... bittet die Kölner Polizei um Ihre Mithilfe. Gesucht wird ein Mann um die dreißig, circa einen Meter neunzig groß, dunkle Haare. Er gilt als schwer bewaffnet und sehr gefährlich ...", ertönte die Stimme des Sprechers von Aktenzeichen XY ungelöst. Auf dem Bildschirm erschien ein Foto von Chris. „Christian Mücke, Köln, gewalttätig, gesucht wegen Mordes in zwölf Fällen", wurde am unteren Bildschirmrand eingeblendet. „Ach du Scheiße", keuchte Chris. „Geht. Kacke war das sowieso. Jetzt wissen wir, dass die Kacke auch dampft. Setz die Mütze von PeeWee auf und sieh endlich zu, dass du den verkackten Rucksack loswirst!", zischte Esteban. „Kacke." „Kacke ...", stimmte PeeWee zu. „Pass mal auf, du spanische Mettwurst. Das Scheißding hast du mir aufgedrückt und wenn du glaubst, ich laufe mit einer verdammten Pudelmütze herum, dann hast du ...", wiedersprach Chris, doch Esteban fiel ihm ins Wort: „Pudelmützen haben Bommeln, diese Mütze nicht. Außerdem hast du keine Wahl." „Soll ich mir vielleicht auch noch eine fette Narbe ins Gesicht ritzen, sicherheitshalber?", giftete Chris, der ein wenig eitler war, als er zugeben wollte. „Die kriegst du gleich on Top, Bro!", drohte Esteban und verzog das Gesicht zu einer Grimasse, die nur mit sehr viel Fantasie als Lächeln durchgehen konnte. „Abmarsch!", befahl er und legte einen Geldschein auf den Tisch.

***

Eine Stunde später standen Chris und Esteban an der Rückseite der Arena Trier im Schatten eines der drei schwarzen Sattelschlepper mit der Aufschrift „Rock Trucking" und rauchten. „Die haben noch Show", meinte Chris. Ein paar Sekunden lauschten sie dem tiefen Wummern von Bässen. Dann sagte Esteban: „Spanische Mettwurst, du dummer kleiner Wichser, ja? Weißt du, wie viel die Mettwurst das interessiert, ob die blöde Koksnase von Peter Mafia noch ..." - Esteban unterstrich die nächste Silbe mit seinen beiden Zeigefingern - „... Show ... hat? Ungefähr so viel wie dich die Tatsache tangiert, dass du die Mütze aufsetzen sollst. Das Erste, was an dir auffällt, ist dein Schimpansenkopf mit deiner schwarzen Hippiefrisur." Widerwillig zog Chris die grün-gelb-rote Wollmütze hervor und setzte sie auf. Esteban sah ihn an und meinte: „Ich liebe dich, Mann." Sie nahmen sich in den Arm. „... würd für dich töten, Bro." „Ich weiß, Alter, ich weiß", antwortete Chris.

Kurz darauf fuhr ein schwarzer Audi A8 mit belgischem Kennzeichen vor. Ein kleiner Albaner im Armani-Anzug stieg aus und hob den Arm. Prompt näherte sich ein Mercedes von der anderen Seite ohne Licht. Der Mann schob den Schlüssel des Audis in die linke Brusttasche von Estebans Jeansjacke und nahm von diesem einen dicken Briefumschlag entgegen. Dann stieg der Anzugträger hinten in den grünen, alten Mercedes ein, der inzwischen hinter dem Audi stand. Das alte Auto verschwand genauso schnell, wie es gekommen war.

Esteban öffnete den Kofferraum des A8, entriss Chris den roten Rucksack und schüttete den gesamten Inhalt in den Kofferraum. Dann warf er den Rucksack ins Gebüsch. Nachdem sie eingestiegen waren, sah Esteban Chris an und fragte: „Wie lauten die goldenen Regeln, mein treuer Freund?" Chris antwortete ohne zu zögern:

„Spaghetti isst man bei den Italienern, Champagner trinkt man bei den Franzosen, Koks holt man bei den Kolumbianern, die schönsten Frauen findet man in Israel und Autos ... die besten Autos kauft man bei den Albanern." „Korrekt, mein Lieber. Und nun auf nach London. Im Handschuhfach müsste dein neuer Pass liegen - falls wir angehalten werden." „Als ob du anhalten würdest mit dieser Karre ..."

Kapitel 16

Köln, Innenstadt

Hauptkommissar Säger hatte endlich einen EC-Automaten gefunden und das nötige Bargeld abgehoben. Auf dem Rückweg zum Restaurant rief er den zuständigen Beamten der Pressestelle an. „Ja, hier Säger. Gibt es etwas Neues in der Sache Christian Mücke?" Als ob er den ganzen Tag auf diesen Anruf gewartet hätte, sprudelte Kommissar Grundmann wie ein Wasserfall: „Gut, dass Sie anrufen. Es gab zwei erstaunliche Hinweise aus Trier. Ausschlaggebend ist der rote Rucksack im Zusammenhang mit der anhängenden Täterbeschreibung. Wir haben zwei voneinander unabhängige Zeugenaussagen über eine üble Schlägerei in Trier, an der Mücke offensichtlich beteiligt war. Die Einzelheiten habe ich Ihnen gerade per E-Mail geschickt. Zuständig in Trier ist für die Sache ..." „Stopp. Was war da los? Klären Sie mich bitte kurz auf", unterbrach ihn Säger und steckte sich eine Zigarette an. „Gut. Also dann: Sowohl ein sechzig Jahre alter Rentner als auch eine Gruppe von fünf Studenten haben das Gleiche ausgesagt. Einer der Studenten liegt übrigens in Trier auf der Intensivstation, da er von Mücke und zwei weiteren Personen angegriffen und schwer verletzt wurde. Zuerst hat wohl eine der beiden unbekannten Personen dem jungen Mann ein Messer in den Hoden geworfen ..." „In die ... äh ... Eier? Echt?" „Ja. In den Hoden. Kurz darauf hat ein Mann, auf den die Beschreibung von Mücke passt, dem Opfer ein paar Mal mit einem roten Rucksack ins Gesicht geschlagen. Nach Zeugenaussagen haben die beiden unbekannten Begleiter ihn irgendwann vom Opfer heruntergerissen, das wirklich übel zugerichtet worden ist. Offenbar befand sich etwas Schweres im Rucksack. Etwas verdammt Schweres. Das Gesicht ist wohl kaum zu retten. Der vollständige Arztbericht liegt bei." „Wieso haben die anderen nicht eingegriffen?", hakte Säger nach. „Der alte Mann hatte Angst und die Studenten wurden von der einen Person mit einer Pistole bedroht. Es gibt noch den Hinweis, dass sie sich vorher wohl mit der ganzen Studentengruppe in einer Gaststätte in Trier aufgehalten hatten, wo es bereits vorher zu Streitigkeiten gekommen war. Leider konnte sich der Wirt an nichts Derartiges erinnern. Ist alles schon überprüft worden." „Was für Streitigkeiten?" „Der Mann mit der Waffe hat angeblich beim Wirt dafür gesorgt, dass die Truppe aus dem Lokal geworfen wurde. Der Wirt weiß davon jedoch nichts und kann auch keinen wiedererkennen. Pech." „Fingerabdrücke oder irgendetwas über die beiden anderen?" „Nichts. Der eine hatte eine Mütze auf und der mit der Schusswaffe ist südländisch. Alle so dreißig bis vierzig." „Das ist ja ein Ding. Halten Sie mich auf dem Laufenden. Danke." Säger legte auf.

Dann geht es morgen wohl erst einmal nach Trier, stellte er in Gedanken fest, als er den Hansen-Keller wieder erreichte.

Kapitel 17

Belgien

Chris und Esteban hatten mit dem neu erworbenen Audi Gent erreicht und beschlossen, auf dem Weg nach Calais in Brügge ein Zimmer zu mieten.

„Wunderschöne Stadt", schwärmte Esteban. „Ja, total. Wie im Film ‚Brügge sehen... und sterben?'. Colin Farrell."

„Ralph Fiennes. Ich bin für den Bösewicht", entgegnete Esteban. „Farrell ist voll der Ficker, hab ich mal gelesen", berichtete Mücke. „Bin selber ein Ficker", stellte Esteban fest. „Ich hab ja auch schon was weggefickt, aber immerhin noch nicht deine Mutter!", erwiderte Chris. „Mücke, du glaubst, du würdest ficken. Aber in Wahrheit geben dir die Mädchen nur das Gefühl, dass du sie fickst. In Wirklichkeit, Mücke, wirst du die ganze Zeit gefickt. Ich hingegen ficke, wen ich will. Und deine Mami war echt heiß." Chris schlug Esteban mit der Faust ins Gesicht. Der verzog keine Miene und der Audi geriet nicht einmal ansatzweise ins Schlingern.

„Tut mir leid, Mann!", sagten beide fast synchron. Chris blickte seinen Freund an, dessen Lippe leicht blutete. Wie eine Mutter bei ihrem Kind tupfte er mit einer Serviette aus einem Schnellrestaurant das Blut ab und sagte: „Du hast mich allein gelassen. Scheiß auf meine Mutter. Aber du hast dich einfach verpisst." „Mücke, dein alter Herr hat mir eine Beretta an den Kopf gehalten und versprach mir, mich zu töten, wenn ich nicht das Land verließe. Ich war zuerst sehr sauer, aber heute sehe ich das anders."

Sie sahen sich an. „Heute gehe ich selbst ohne diese Waffe nicht mehr aus dem Haus." Beide lachten. „Irgendwie hat es dein Vater geschafft, mich mehr zu inspirieren als dich, du Punk."

Sie zündeten sich eine Zigarette an und Chris trank einen Schluck Bier aus der Dose, bevor er fragte: „Sag mal, Alter: Wenn das mit deinem Fuß nicht passiert wäre, wärst du dann jetzt noch bei der Legion?" Esteban schwieg eine Zeit lang. Dann zündete er sich mit der Glut der letzten Zigarette eine neue an und sagte: „Auf diese Frage warte ich eigentlich schon seit Jahren. Wir haben darüber noch nie gesprochen. Über den Irak. Ich weiß nicht, ob du mitbekommen hast, wie das damals war. Die Amis hatten verzweifelt versucht, nach dem 11. September einen Zusammenhang zwischen Saddam und der El Kaida zu knüpfen. Irgendwann behauptete Colin Powell, der Irak besäße Massenvernichtungswaffen für einen Angriffskrieg. Also marschierten die Amis ein und Anfang 2003 war Bagdad gefallen. Bush schob die Organisation der Besetzung des Landes an das Pentagon - zu Rumsfeld, dem Pisser." „Esteban, ich glaube, du überinterpretierst meine Frage", warf Chris ein. „Halts Maul und hör zu, oder wir reden da nie wieder drüber. Klar? Geschichte ist Kontext. Immer!", gab Esteban zurück. Chris schwieg und so fuhr Esteban fort: „Als eines der vielen Organe des Verteidigungsministeriums wurde die ORHA gegründet, eine Behörde für Aufbau und Humanitäre Hilfe. Aber die zweihundert Angestellten dort hatten keine Chance, Hilfe zu leisten. Nur wer ein Gewehr besaß, hatte Macht. Die US–Armee schritt nicht ein, als das Plündern anfing. Prinzipiell wurden die amerikanischen Befreier mit offenen Armen von der Bevölkerung willkommen geheißen. Aber als die Amis nichts taten, um den Leuten zu helfen, hatten sie verkackt." „Ist ja nichts Neues." „Schnauze, das ist keine Polemik, das ist real. Und dann kam Bremer mit der Übergangsregierung CPA, der im Auftrag von Bush die ORHA auflöste und drei entscheidende Fehler machte, die das Land ruinierten. Als die Plünderungen im April 2003 schon an die zwölf Milliarden Dollar Schaden angerichtet hatten, stoppte Bremer die irakische Übergangsregierung und ging sogar soweit, die ehemalige Regierung im Sinne der Entbaathifizierung komplett zu entlassen." „Das waren die Fuzzis aus der Baath-Partei, die unter Saddam regierte?" „Richtig, Mücke. Das wäre so, als hätten sie bei uns nach dem Mauerfall jedes SED-Mitglied direkt für einen Schwerverbrecher gehalten und denen allen Arbeitsverbot und was weiß ich was verpasst – viele waren da doch nur drin, um einen Job zu bekommen oder ihren Kindern nicht die Zukunft zu versauen. Jedenfalls wurden die ganzen Baath-Mitglieder plötzlich alle arbeitslos und viele schlossen sich schon aus Wut über diese krasse Ungerechtigkeit den Schiitenführern an, die mächtig Stunk gegen die Amis machten. Dann löste Bremer die irakische Armee und den Geheimdienst auf. Damit machte er auf einen Schlag fünfhunderttausend bewaffnete Killer arbeitslos. Und nebenbei blieben die siebzig großen Waffendepots und unzählige Munitionsdepots unbewacht. Aufständische Milizen ließen es richtig krachen. Selbst Blauhelme wurden abgeschlachtet. Da riefen sie uns, um ihren Dreck wegzumachen. Wir waren dazu da, alles plattzumachen, wofür die Weltpolizei sich zu fein war. Frag nicht. Dann, im Juni 2003, sollte ich einen von diesen Ex-Generälen abholen, der für CNN so einen getürkten Bericht machen sollte. Im ersten Weltkrieg waren unter den Todesopfern an die zehn Prozent Zivilisten. Im zweiten Weltkrieg waren es schon fünfzig Prozent. Im Vietnamkrieg siebzig und im ersten Irakkrieg waren neunzig Prozent der Todesopfer Menschen aus der Zivilbevölkerung. Das war schon der zweite Scheiß-Irakkrieg. CNN und seine Lakaien vergötterten die damalige Waffentechnologie. Offensichtlich fanden sie es nicht feige, aus zehntausend Metern Höhe ganze Landstriche komplett auszuradieren. Eine ganz andere Strategie, als sich mit einem Sprengstoffgürtel in die Luft zu sprengen und nur die Menschen um sich herum zu töten! Ich hatte ein paar Stunden vorher gesehen, wie eine Mutter ihr totes Baby aus den Trümmern ihres Hauses herauszog. Und dann sitzt da dieser Wichser neben mir im Jeep und sagt: ‚Bei der Genauigkeit und Präzision der Waffen heute, da macht Krieg doch wieder Spaß, oder?' Ich nahm eine Handgranate, zog den Splint, rammte sie ihm in die Fresse und sprang aus dem Fahrzeug. Nachdem das Arschloch mitsamt dem Jeep in die Luft geflogen war, schoss ich mir mit der verdammten Schrotflinte in den Fuß. Das war mein Ticket nach Hause. Wenn du das je einem Menschen erzählst, werde ich sauer."

Kapitel 18

Trier

Hauptkommissar Säger saß in seinem silbernen Opel Insignia auf dem Parkplatz der Arena Trier. Er hatte das Fenster heruntergelassen, um mit dem Beamten der Polizei in Trier zu reden. „Der da hinten? Sind Sie sicher, ja?", erkundigte sich Säger. „Ja, Herr Hauptkommissar. Sie waren gerade bei uns angekommen, als die Meldung reinkam. Da haben wir sofort zugegriffen. Am besten reden Sie selbst mit ihm", empfahl der Polizist. Säger stieg aus und steuerte auf den riesenhaften Verdächtigen zu, der von zwei Polizisten festgehalten wurde. Säger überprüfte unauffällig das Magazin seiner Dienstwaffe und sah sich den mutmaßlich Schuldigen an. Mit einer Größe von über zwei Metern passte er kaum in die Täterbeschreibung, die Säger in Umlauf gebracht hatte. Er schien fast überall tätowiert: Sein Gesicht wurde von einem monströsen Spinnennetz verziert, das auf dem Foto sicher erkennbar gewesen wäre. Enorme Muskeln gaben dem Mann eine bedrohliche Note. Zu seinen Füßen befand sich tatsächlich ein roter Rucksack, der jedoch viel größer war als der auf dem Fahndungsbild. Diese Vollidioten ... „Sach mal, hast du hier was zu melden, Dicker? Dann pfeif die Truppe mal zurück, ja? Noch ist Olchi ganz entspannt. Aber wenn Olchi nicht gleich sein Feierabendbier bekommt, dann könnte das hier eine ziemliche Schweinerei werden. Klar soweit?", bellte der Hüne. „Lasst ihn los", befahl Säger. Daraufhin schüttelte der Mann die beiden Beamten ab wie ein paar Flöhe. „Endlich ...", grunzte er und sah den Hauptkommissar fragend an. „Und? Was soll der Scheiß hier?"

Eine halbe Stunde später saßen der Hauptkommissar und „Olchi", dessen Name Gerhard Becker war, auf der Motorhaube des Insignia. Jeder von ihnen öffnete gerade seine zweite Dose Bier, die Olchi neben zahlreichen Seilen, Karabinern, einem Kletterhelm und Sicherungsgurten aus seinem roten Rucksack gekramt hatte. „So, du bist also ein Rigger“, stellte Säger fest. „Das heißt, du machst genau das Gleiche wie mein Verdächtiger, nur hängst du den ganzen Traversenmist auf, bevor er da seine Lautsprecher reinhängt, ja?“, hakte Säger nach und trank einen Schluck. „So sieht es aus. Ich bewundere Ihren scharfen Verstand, Herr Kommissar. Ich hänge die Motoren ins Dach, dann kommen die Techies und versauen den Job, ha ha, ist klar! Was dagegen, wenn ich den hier anmache?“ Olchi zog einen gigantischen Joint aus seinem Cowboystiefel. „Mach ruhig. Ist nicht mein Bezirk.“

„Sag mal, mein Freund ...“, begann Olchi und zog kräftig an dem Joint. „Dir ist schon klar, dass du völlig auf dem Holzweg bist, wenn du Mücke suchst, oder?“ Säger sah ihn an, sagte aber nichts dazu. „Alter, Mücke ist ein ganz feiner Kerl. Ich habe keinen Schimmer, wie der in die Scheiße reingeraten ist, aber der tut niemandem etwas. Wenn ihn keiner ärgert. Wie ein Pit Bull. Klar, er ist ein Scheiße-Magnet, aber ich sag dir jetzt mal was - und das merkst du dir besser: Mücke ist kein Mörder! Bin ich zu dir durchgedrungen?“ „Ich muss mal“, verkündete Säger und ging hinüber zum Rand des Parkplatzes. Olchi sah, wie Säger in einem Gebüsch verschwand. Nach etwa zehn Minuten kam der Hauptkommissar wie von einem wilden Affen gebissen auf ihn zugerannt und brüllte dabei: „Ich hab ihn!“

Olchi blickte von seinem Joint zu Säger und ergriff seinen Rucksack, um das Weite zu suchen. „Du hast doch ein Rad ab!“, rief er Säger noch zu, ehe er verschwand. Der Kommissar schien davon keine Notiz zu nehmen, sondern stieg in seinen Opel und hielt Mückes roten Rucksack in die Höhe. Er drehte seinen Fund in den Händen und erfühlte etwas in einer kleinen Seitentasche - eine alte Ibuprofen-Verpackung, auf die eine Nummer gekritzelt worden war. Eine Handynummer. Bingo.

Kapitel 19

Brügge, Belgien

„Hast du eigentlich mal die Stabsliste darauf gecheckt, ob dich einer von der Crew kennen könnte?", fragte Esteban. „Ist auf dem Laptop. Hab ich noch nicht. Mach ich noch", meinte Chris. „Wo ist das Teil?" Chris sah Esteban zornig an. „Im Rucksack? Nein. Lass mal überlegen. Ich habs! Irgendein Trottel hat den Inhalt des Rucksacks einfach in den Kofferraum geleert. Da müsste er sein, Cabron." Esteban sah seinen Freund schmunzelnd an. „Ich hoffe, das Teil funktioniert noch, nachdem du dem Typ in Trier damit eine Gesichts-OP verpasst hast." Chris sah auf. „Aluminiumgehäuse, extra großer Akku, zwei DVD-Laufwerke ... Mann, das wäre echt schade, wenn der im Arsch wäre. Ich habe ihn damit geschlagen? Das tat so weh, als der mir die Dose an den Kopf geworfen hat. Mir ist voll die Sicherung durchgebrannt. Ich war auch so derart breit von dem Pulver. Hab gar nicht mehr an den Rechner im Rucksack gedacht, als ich mit dem Moped nach Trier gefahren bin. Aber das mit dem Typ tut mir echt leid." „Du solltest generell weniger Koks nehmen, Mücke. Dann redest du weniger."

Sie fuhren mit dem Audi in die Innenstadt von Brügge und parkten auf dem kleinen Parkplatz des Hotels Aragon, in dem Esteban zwei Zimmer reserviert hatte. Chris war regelrecht übermütig vor Freude darüber, dass sie ihr Ziel für den Tag endlich erreicht hatten. „Die Rückkehr des Königs, ha ha. Aragorn, lass uns Minas Tirith befreien von der Geißel Saurons ..."

„Mücke, wenn du einen Arzt benötigst, lass es mich wissen, ja? Aber jetzt komm endlich ... Wo willst du hin?"

Chris rannte vom Parkplatz in Richtung Dijver-Kanal unweit des Grote-Markts am anderen Ufer. Der Anblick der sandfarbenen Gebäude, bei denen die Zeit seit dem fünfzehnten Jahrhundert stehen geblieben zu sein schien, war einfach ergreifend. Er setzte sich an die

Uferböschung und glaubte, ein Stück Vergangenheit zu atmen, als Esteban sich zu ihm gesellte und ihm eine brennende Zigarette unter die Nase hielt.

„Brügge sehen und überleben, Alter. Ich bring das wieder in Ordnung, hörst du? Das alles, meine ich." Chris liefen Tränen über das Gesicht. Er fiel seinem Freund in die Arme. „Ich kann nicht mehr, Mann. Was sollen wir machen?" „Wir checken erst mal ein, dann gehen wir einen trinken", schlug Esteban vor.

***

Eine Stunde später schlenderten sie frisch geduscht und mit besserer Laune durch die malerische Altstadt und hielten Ausschau nach einer geeigneten Gaststätte, um ihr Verlangen nach frisch gezapftem Bier zu stillen.

„Da vorne. Das ist es! Siehst du? Gegenüber ist der Turm, wo der im Film runtergestürzt ist! Hammer! Krass! Komm. Da trinken wir jetzt was", rief Chris. Kurz darauf saßen sie entspannt in dem kleinen Straßencafé aus dem Film „Brügge sehen... und sterben?". „Wie sieht dein Plan aus, Alter?", erkundigte sich Chris. „Noch nichts spruchreif, mein Freund. Du wirst den besten Job deines Lebens dort machen, das ist mal klar. Du wirst nicht auffallen. Die Technikfirma, die für BBC diese beschissene Fernsehshow macht, wird nach meinen Informationen auch eine Hochzeit ausstatten, wo wir jemanden treffen werden, der uns aus dem Dilemma hier raushilft. Mehr brauchst du nicht zu wissen - erst mal."

Er zog an seiner Camel und grinste. „Ach doch, eins noch: Du musst so tun, als ob du schwul wärst."

Kapitel 20

Köln

Das Telefon im Büro des Hauptkommissars klingelte nur einmal. „Säger!" „Ja, hier Schmitt. Wir haben Neuigkeiten wegen der Telefonnummer aus dem roten Rucksack. Die Dame, der der Anschluss gehört, heißt Celine Holthaus und wohnt in Köln in der Deutzer Freiheit 33, aber nicht mehr lange, oder?", schloss der Beamte lachend. Als Säger nicht auf den Scherz einging, fuhr er unverzüglich fort: „Jetzt kommt es: Als wir das Haus des Herrn Mücke observierten, hat sich eben diese Frau mit ihrem Zweitschlüssel Zutritt zu der Wohnung verschafft. Frau Holthaus war sonst sauber und wir konnten sie nicht festhalten. Deshalb ..." „Habt ihr was unternommen?", unterbrach ihn Säger barsch. „Nein, wir ..." „Gut! Telefon rund um die Uhr überwachen, sonst nichts. Informieren Sie mich über jeden Anruf, klar?" Er legte auf. Volltreffer. Die Blutspuren stammten eindeutig von dem Studenten in Trier. Die Fingerabdrücke stimmten mit denen von Mücke überein. Spuren von Rauschgift, alles, was das Herz begehrte, und: Eine Frau! Das hatte schon bei ganz anderen das Ende bedeutet. Jetzt hieß es abwarten, bis das Schicksal seinen Lauf nahm. „Cherchez la femme!", rief Säger voller Elan. „Wie bitte, Herr Hauptkommissar?", erkundigte sich Kramer, mit dem sich Säger zu seinem Leidwesen seit kurzem das Büro teilte. „Nichts, mein Lieber. Nichts, was Sie betrifft." Volltrottel, fügte er in Gedanken hinzu, während er sich aus der Datenbank das Vernehmungsprotokoll von Frau Holthaus heraussuchte.

POK Böhmer: „Frau Holthaus, was suchten Sie in der Wohnung des Verdächtigen?"

C. Holthaus: „Fick dich!"

POK Böhmer: „Ich wiederhole die Frage und weise Sie darauf hin, dass Beleidigung geahndet werden kann."

C. Holthaus: „Ach so, ja dann nicht."

POK Böhmer: „Wie kommen Sie zu dem Schlüssel der Wohnung des Verdächtigen?"

C. Holthaus: „Den hat er mir nach einem Blowjob gegeben.

Was für ein Auto fährst du, Süßer?"

POK Böhmer: „Ich verwarne Sie zum letzten Mal, Frau Holthaus. Beantworten Sie meine Fragen."

C. Holthaus: „Ohne meinen alltours sage ich nichts."

Verhör wird für dreißig Minuten unterbrochen.

POK Böhmer: „In welchem Verhältnis stehen Sie zu dem Verdächtigen?"

C. Holthaus: „Ich bin eigentlich seine Mutter, Schatz. Möchtest du auch mal an meine Brust?"

POK Böhmer: „Ist es der Verdächtige wert, dass Sie sich Ihr Leben ruinieren? Gegen Sie lag bisher nichts vor, Frau Holthaus. Bitte arbeiten Sie mit uns zusammen."

C. Holthaus: „Jetzt pass mal auf, du Waffelbruch. Mücke ist mehr wert als du, deine Scheißfamilie, der Scheißtrachtenverein, für den du arbeitest, und sämtliche deiner elenden pickelgesichtigen Kollegen zusammen. Und dabei habe ich noch nicht berücksichtigt, was er mir bedeutet. Und in circa fünf Minuten ist meine Anwältin da, die übrigens erfolgreich von einem hohen Polizeibeamten geschieden wurde und ein großer Fan deiner Förstervereinigung ist. Die wird euch erst mal so richtig zerlegen, wenn ihr mir jetzt noch lange auf den Sack geht. Egal, was Mücke angestellt haben soll: Er ist unschuldig und ihr seid nur doof!"

Die Angaben über den Rechtsbeistand der Zeugin stellten sich als wahr heraus und die Vernehmung wurde abgebrochen.

Sagenhaft. Das konnte noch lustig werden. Der Typ schien ja bei allen einen Stein im Brett zu haben.

Ob Säger doch etwas übersehen hatte? Er nahm das Telefon ab und rief gleichzeitig in den Raum hinein:

„Kramer? Holen Sie das Auto, wir fahren noch einmal nach Bonn in dieses Institut!“ Dann sprach er ins Telefon: „Ja, Säger. Ich muss noch einmal das Video vom Barbarossaplatz sehen. Ja. Jetzt gleich. Gut. Wir kommen in einer Stunde. Danke.“ Er legte auf. „Los jetzt, Kramer. Haben Sie Kinderlähmung oder sind Sie taub?“

Kapitel 21

Köln
4:00 Uhr am nächsten Tag

Zum etwa zwanzigsten Mal fing die Melodie des Refrains von Books from Boxes der Band Maximo Park von vorne an, als Celine endlich ihr Handy fand. „Was? Verdammt ...! Chris!“ Sofort war sie hellwach. „Chris, du Arschloch!“, rief sie in den Hörer. „Ob ich mich freue? ... Wo steckst du? Die suchen dich. Die haben mich auch verhaftet. Dein Ficus benjamina ist eingegangen. ... Spinnst du? Was ist passiert? Wo steckst du? ... London? ... Wieso schwul? Chris, du bist rotzbesoffen - und wenn du schwul bist, bin ich Boy George. Was hast du angestellt? Bist du verrückt geworden? ... Chris?“ Er hatte einfach aufgelegt. „Nur ein bisschen angeheitert. ... Ich vermisse dich. ... Ich bin unschuldig. Glaub denen nicht, ja? Ich glaube, ich liebe dich. ... Muss aufhören. Este kommt wieder. Der bringt mich um sonst ...“, hallten Chris‘ letzte Worte in ihrem Ohr nach. „Chris!“, sagte sie zu sich selbst und brach in Tränen aus.

Nur eine Zigarettenlänge später hatte sie sich wieder beruhigt, ein Ticket nach London gebucht und fing an zu packen. „Esteban ... Klar. Wer sonst? Na wartet. Euch werde ich helfen. Schwul“, murmelte sie. 0032 – er musste aus Belgien angerufen haben. Aber das lag ja auf dem Weg nach London.

Eine Stunde später saß Celine vor ihrem iMac und gab „upcoming events London“ in die Google-Suchmaske ein.
Der Junge konnte ja nur eins - seinen Job. Okay - und noch eins. Schwul ... „Er gehört mir, verdammt noch mal, und ich hole ihn mir zurück!“ Ihre Drohung hallte in der viel zu leeren Wohnung wider. Das konnte eine lange Nacht werden. In vierundzwanzig Stunden ging ihr Flug.

Kapitel 22

Brüssel

Die große, schwarze Limousine hielt in einer Gasse vor einem kleinen, schmierigen Café. Ein schmächtiger Mann arabischer Herkunft in dunkelblauem Trainingsanzug trat auf die Straße und blieb vor der schwarz getönten Fensterscheibe der hinteren Wagentür stehen. Lautlos fuhr die Scheibe herunter und Scheich Abad Dus Kashis III reichte einen schwarzen Aktenkoffer hinaus. Ohne ein Wort nahm der kleine Araber den Koffer entgegen und kehrte ins Café zurück. Sofort setzte sich die Limousine in Bewegung und verschwand wieder im dichten Verkehr der Brüsseler Innenstadt.

***

Etwa vier Stunden später stieg Gins de Vrehs, der Anti-Terror-Beauftragte der Europäischen Union, aus seiner Limousine. Sie war von der des Scheichs kaum zu unterscheiden. De Vrehs wurde von seinen Bodyguards auf die kleine Bühne vor dem belgischen Königsschloss Laken geführt. Vor einigen hochkarätigen Vertretern des in Kürze beginnenden EU-Gipfeltreffens zum Thema Terrorbekämpfung begann er seine Rede:

„Es kann nicht sein, dass wir als geeintes Europa und als Gemeinschaft von Menschen, die wir alle gleich sind, vor welchem Gott auch immer, in eine Falle tappen, die uns von Leuten wie Bin Laden, Assad, Gaddafi oder Ahmadinedschad gestellt wird. Wir können nicht zulassen, dass Islam und Demokratie als unvereinbar erscheinen!" Er sah sich langsam um und fixierte scheinbar jeden der rund fünfzig Teilnehmer, bevor er fortfuhr: „Weder möchte die Mehrheit der Muslime, dass man ihre Religion für solche Zwecke missbraucht, noch wollen wir, dass unsere Verhandlungen mit Ländern der betroffenen Gebiete ausgesetzt oder Embargos verhängt werden, die doch nur diejenigen treffen, die unter dem Regime des Terrors leiden!" Tosender Applaus setzte ein. Fast flüsternd fügte de Vrehs hinzu: „In unserer Funktion als vereintes Europa sind wir einhellig zu der Erkenntnis gelangt, dass nur eine gemeinsame Verfassung uns die Möglichkeit erschließt, kontrolliert gegen den Terrorismus vorzugehen. Gemeinsames Europa mit gemeinsamer Verfassung. Genießen Sie nun das Buffet und eine erlesene Kostprobe aus den vier Jahreszeiten."

Wieder setzte Applaus ein und ein Streichquartett betrat die Bühne. Wie das Publikum bestand auch die Gruppe der Kellner aus Menschen verschiedener Nationen. Inmitten der Ovationen näherte sich ein kleiner Mann arabischer Herkunft dem Rednerpult ...

Kapitel 23

Kurz vor Calais

Sichtlich verkatert und mit extrem schlechtem Gewissen fischte Chris auf dem Beifahrersitz des Audis eine Zigarette aus der Schachtel, zündete sie an und hielt sie Esteban hin. „Kippchen?“ Wortlos nahm Esteban das Angebot an, ließ das Fenster herunter und warf die Zigarette hinaus. Seitdem Chris seinem Freund den Anruf an Celine in der letzten Nacht gebeichtet hatte, war die Stimmung getrübt.

„Vollidiot“, zischte Esteban. „Stell dich doch gleich direkt! Wie kannst du nur? Noch so ein Ding und ich knall dich selber ab, du ... Ach, leck mich doch!” Sie schwiegen eine Weile. Ein Schild zeigte an, dass es noch vierunddreißig Kilometer bis Calais waren.

„Mann, nun gib mir schon eine Lucky“, grummelte Esteban.

Chris zündete zwei Zigaretten an und gab eine an seinen Freund weiter. „Frieden?“ „Frieden. Penner. Aber über eine Sache müssen wir noch reden. Falls wir Glück haben und Celine nicht abgehört wird, bleibt immer noch dieser Typ aus der Stabsliste, der dich kennt. Wie hieß der noch mal?“

„Ritalin. Wolfgang Eichhorn. Wieso? Was meinst du?“

Das erste Mal seit zwei Stunden sah Esteban Chris direkt in die Augen. „Der muss weg.“ „Weg? Wie meinst du das? Sind nicht schon genug Leute draufgegangen? Spinnst du?“ „Weg heißt weg. Der oder wir. Ist klar, oder?“ „Nein!“ „Aber sicher.“ „Mörder!“ „Na und? Du sagst doch, der wäre voll das Arschloch. Er betrügt ständig seine Frau und haut alle in die Pfanne, bla bla bla ...“, äffte Esteban ihn nach.

„Das gibt einem aber noch lange nicht das Recht, jemanden zu töten, so etwas macht man einfach nicht.“

Wieder schwiegen sie eine Weile. Irgendwann hielt Chris ihm abermals eine Lucky Strike hin und sagte: „Vorschlag: Wir reden mit ihm und bieten ihm Geld an. Wenn wir das Gefühl haben, dass er nicht koscher ist, dann kannst du deiner krankhaften Mordlust Ausdruck verleihen. Aber ich behaupte, für eine Nutte und fünf Euro verrät der seine Mutter." „Sehr beruhigend, Mücke. Aber gut, wir probieren es so." „Danke. Kippchen?" „Nein. Nase, bitte. Das Zeug muss weg bis zur Fähre. Leg auf." „Alles?" „Jo!"

Chris schüttete den gesamten Inhalt eines zerfledderten Cellophantütchens auf eine CD-Hülle.

Nachdem jeder ungefähr ein Gramm der Substanz konsumiert hatte, kam es Chris wie ein Wunder vor, dass das Übersetzen mit der Autofähre nach England so reibungslos vonstattenging.

„Du fährst in letzter Zeit ganz schön Paranoia, Alter. Bisschen neben der Spur, oder?", stellte Esteban fest. Chris betrachtete gerade im Spiegel seine Unterlippe, die er sich im Rausch blutig gebissen hatte, und antwortete nicht.

Kurz vor Ashford machten sie auf einem Parkplatz Rast. Chris redete ununterbrochen mit sich selbst, während Esteban telefonierte. Irgendwann warf er sein Handy auf den Boden und trampelte wie ein Besessener darauf herum.

„Scheiße, scheiße, scheiße, scheiße, scheiße!"

„Was?" „Scheiße!" Esteban riss Chris die Zigarettenschachtel aus der Hand, steckte sich eine an und warf die Schachtel zu den Überresten des Handys. Chris schlug ihm so heftig mit dem Handrücken ins Gesicht, dass diesmal Estebans Lippe blutete. „Klartext, Alter! Jetzt!"

Als ob der Schlag ins Gesicht wie ein Sedativum gewirkt hätte, schien Esteban plötzlich wieder die Ruhe selbst zu sein und murmelte, während er sich das Blut abtupfte:

„Ich glaube, du hast Recht. Ich fang mal ganz vorne an. Ich dachte mir, dass du erst mal nicht zu viel erfahren solltest. Mit Recht, wie sich herausstellte. Du rufst ja gerne mal zwischendurch deine Freundinnen an, aber peace. Sorry. Also. In London findet demnächst die Hochzeit zwischen den Kindern des einflussreichsten britischen Mafiosos und des größten Waffenhändlers im Jemen statt. Auf der Feier treten nicht nur Leute wie Elton John und Noel Gallagher auf, sondern auch der Sieger der Castingshow, für die du arbeiten wirst. Also häng dich an den Favoriten dran. Und rate mal, wer der beste Freund des Brautvaters ist und auch auf der Hochzeitsgästeliste steht?“ „Hmmm. Ah, ich habs. Rocco Siffredi?“ „Fast, mein Lieber. Es ist Scheich Abad Dus Kashis III!“ „Nein. Wirklich?“ „Ja. So ist es.“ „Aha. Und wer ist das?“ Esteban schaute derart verzweifelt, dass Chris lachen musste. „Sorry, Bro. Echt keine Ahnung, wovon du redest.“ „Das ist der Typ, dessen verwanzte Uhr du gefunden hast und wegen dem wir in über einem Dutzend Mordfällen gesucht werden.“ „Ach so. Okay. Also gehen wir dahin?“ „Ja. Wir gehen dahin, er verguckt sich in dich, weil er so derart schwul ist, dass ihm selbst so eine hässliche verwachsene Hackfresse wie deine gefallen wird. Ach ja, du musst noch zum Friseur. Hab das mal auf dem Schirm, ja? Und dann kidnappen wir den Wichser - bringen vielleicht noch ein paar von den Arschlöchern um - und erkaufen dir die Freiheit.“ „Cool.“ „Ja, nicht wahr?“ „Und wenn das so einfach ist, weshalb regst du dich dann die ganze Zeit so auf?“ „Vorhin hat sich in Belgien einer von diesen El-Kaida-Vögeln auf einem Empfang in die Luft gesprengt. Mein Informant sagte mir, dass der Auftraggeber dein zukünftiger Verehrer, der Scheich, gewesen sein soll. Als Hochzeitsgeschenk. Vierzehn Tote und viele Verletzte. Die Hälfte hochrangige EU-Minister. Langsam fange ich an, den Kerl zu hassen.“ „Sind die Typen nicht gefährlich?“, hakte Chris nach. „Hast du jetzt den Verstand verloren? Ob die gefährlich sind?“ „Ich meinte Elton John und Noel Gallagher.“ Zum ersten Mal an diesem Tag musste Esteban grinsen.

Kapitel 24

Köln-Kalk

Die Ereignisse stürzten auf Hauptkommissar Säger ein wie eine Lawine. Seit einer Stunde hörte sein Handy nicht auf zu klingeln. Er hatte sich unzählige Male das Video vom Zugriff in Köln angesehen. Offenbar hatte Olchi Recht behalten. Säger war sich inzwischen ziemlich sicher, dass die brutale Gegenwehr nicht von Christian Mücke ausgegangen war. Das schien auch ein Telefonat mit Celine Holthaus zu bestätigen, das mitgeschnitten worden war. Mücke hatte seiner Freundin gegenüber offenbar völlig verzweifelt seine Unschuld beteuert. Dass Mücke sich zum Zeitpunkt des Telefonats in Belgien aufgehalten hatte, machte die Sache für Säger jedoch kompliziert, da nach dem Anschlag auf den EU-Minister ein wahrer „Shitstorm" auf ihn und seine Abteilung niederregnete.

Karl Strauß, der Vertreter des deutschen Innenministeriums, hatte ihm ziemlich die Leviten gelesen. Strauß ging davon aus, dass es kein Zufall war, dass sich Sägers Hauptverdächtiger im selben Land befand. Heute Mittag war ein Bekennerschreiben seitens Kashis III aufgetaucht. Mücke wurde nun für die Wasserköpfe im Innenministerium als Komplize eingestuft. Man interpretierte die Ereignisse der jüngsten Vergangenheit so, dass Mücke in Dubai aktiv die Festnahme des Scheichs verhinderte und danach am Anschlag beteiligt gewesen sein musste. Kurioserweise hatte sich Celine Holthaus unmittelbar nach dem Anruf nach England abgesetzt. Wie passte die ganze Scheiße zusammen? Was war das fehlende Puzzlestück? Was hatte er nur übersehen, grübelte Säger. „Äste bringt mich um ..." Was mochte das bedeuten? Erste? Oder Esse? S. T. ... Initialen vielleicht. Der letzte Anrufer hatte Säger darüber informiert, dass man Celines Spur am Flughafen verloren hatte. Säger vermutete, dass er sich nicht beliebt machen würde, wenn er Mücke von der Täterrolle in die Opferrolle schob, aber sein siebter Sinn riet ihm dazu. Es kam ihm vor, als ob Amateure Profiarbeit verrichten würden, als ob alles nur Zufall wäre ...

Inzwischen ging es nicht mehr nur um die toten Kollegen, sondern um eine internationale Angelegenheit. Das hieß, dass nun Köpfe rollen mussten – und die Wahrheit wie schon so oft zur Nebensache wurde. Jetzt galt es zu liefern. Er musste seinen Job machen, die wahren Drahtzieher finden und jeder Spur nachgehen, auch wenn sie noch so gering erschien.

Er nahm seinem Assistenten Kramer, der seit geraumer Zeit blöd grinsend neben ihm stand, den Kaffee aus der Hand und blökte ihn an: „Besorgen Sie mir einen Kaffee. Ich trinke solange Ihren. Und dann buchen Sie uns einen Flug nach London. Am besten gestern!“ Als Kramer sich in Bewegung setzte, fügte Säger hinzu: „Kramer: Weiß und süß - und Business Class!“

Kapitel 25

London, The Savoy Hotel

Spät am Abend erreichten Chris und Esteban das Savoy in London, wo die gesamte Crew der Produktion von außerhalb untergebracht war. Nachdem sie den Audi unauffällig in der Nähe geparkt hatten, näherten sie sich zu Fuß dem Hoteleingang.

„Wieso parken wir nicht auf dem Hotelparkplatz? Du hast versprochen, ihm nichts zu tun“, nörgelte Chris.

„Man weiß nie, was kommt, glaub mir. Wenn wir schnell verschwinden müssen, ist es nicht ratsam, den Zeugen ein Nummernschild hinzuhalten. Falsch oder nicht. Vertrau mir einfach. Wir reden jetzt erst mal mit diesem Wolfgang Eichhorn. Dann sehen wir weiter. Das ist keine Rock-‘n‘-Roll-Tour. Wir spielen hier mein Spiel“, gab Esteban zurück.

Sie betraten das Foyer und Esteban ging durch die pompöse Halle geradewegs zu den Aufzügen. Er hatte bereits telefonisch die Zimmernummer von Wolfgang „Ritalin“ Eichhorn erfragt. Chris‘ ungutes Gefühl verstärkte sich noch, als Esteban eine Etage über dem Zimmer von Ritalin auswählte. „Guck nicht so blöd. Vertrau mir doch endlich!“, grummelte Esteban. Sie stiegen aus und gingen den Gang auf der siebten Etage entlang. Vor einer Tür, die mit „Staff only“ gekennzeichnet war, blieben sie stehen. Esteban zog sein Butterfly-Messer aus der Tasche und brach routiniert das Schloss auf. Er wühlte sich durch den Inhalt des Putzwagens und fand schließlich neben Handtüchern, Duschgel und all den anderen Dingen, die in den Zimmern nachgereicht wurden, ein Lanyard mit einer Zimmerschlüsselkarte. Chris nahm sich einen der vielen Kugelschreiber mit der Aufschrift „The Savoy - just enjoy“ und murmelte: „Hübsch!“ Sie benutzten das Treppenhaus, um hinunter auf die sechste Etage zu gelangen, und erreichten Zimmer 613, in dem Ritalin untergebracht sein sollte.

Esteban hinderte Chris gerade noch daran, an die Tür zu klopfen. Stattdessen warf er seinem Freund einen warnenden Blick zu, zog die gestohlene Karte durch das Schloss und öffnete die Tür.

Wolfgang Eichhorn lag nackt auf seinem Bett. Rittlings auf ihm saß eine ebenfalls unbekleidete dunkelhaarige Fast-Schönheit, die ganz offensichtlich durch den unerwarteten Besuch aus dem Rhythmus gekommen war und sofort anfing zu schreien: „Fucking hell! Wer seid ihr Wichser? Wolfgang, wer ist das?" Ritalin blickte auf und keuchte: „Mücke? Was soll das, wie kommt ihr hier rein?" „Jetzt hör endlich auf, mich zu ficken! Du kennst die Penner?", fuhr die unbekannte Dame Eichhorn an, während sie sich von ihm löste. „Hi Wolfgang, alles klar?", fragte Mücke. „Hallo", sagte Esteban. „Ist das seine Frau?", wandte er sich an Mücke. „Nee, ist, glaube ich, ne Nutte." „Aha", antwortete Esteban. „Was wollt ihr? Seht ihr nicht, dass ihr stört?", brüllte Eichhorn. Plötzlich stand eine weitere Frau in der noch angelehnten Tür. „Das ist seine Frau", erklärte Chris.

„Du elendes Schwein! ... Nicht seine Frau, seine verdammte Witwe!", schrie die betrogene Ehefrau, zog eine alte Walther P38 aus ihrer Handtasche und feuerte zwei Schüsse ab. Blitzschnell stach Chris ihr den Kugelschreiber ins rechte Auge, so tief, dass man von dem Werbeaufdruck nur noch „joy" lesen konnte. Sie fiel um wie ein nasser Sack. Das Gehirn der unbekleideten Gespielin hatte sich auf dem Bild über dem Bett verteilt. Die Gruppe Schafe auf dem Gemälde erhielt eine unwirkliche Komponente. Chris rannte zu Wolfgang Eichhorn, den der zweite Schuss in den Hals getroffen hatte. Das große Bett verfärbte sich rot. Chris versuchte, die Wunde am Hals mit einem Teil der Tagesdecke, die er auf dem Fußboden fand, zuzuhalten. „Wir wollten ihn doch sowieso killen. Lass ihn doch", meinte Esteban trocken. „Du hast gesagt, wir reden mit ihm!", flüsterte Chris, während er umständlich die blutende Schusswunde zuhielt. Esteban nahm der toten Ehefrau die Waffe aus der Hand. „Wunderschön. Antik und wie neu. 1938 oder -40." Er steckte die Waffe ein. „Sagt mal, was redet ihr da für einen Scheiß? Helft mir", krächzte Eichhorn. „Was machen wir mit ihm?", fragte Mücke. „Er stirbt. Da machen wir gar nichts. Außer dass wir jetzt abhauen", antwortete

Esteban. „Falsch. Er ist tot", berichtigte er sich selbst und zeigte auf das Bett. „Halsschlagader. Komm jetzt."

„Fuck, fuck ... Fuck. Wach auf, Mann." Chris schüttelte den reglosen Ritalin, aus dessen offenem Mund mittlerweile genauso viel Blut sickerte wie aus seiner Halswunde. Seine leblosen Augen sollten Chris noch lange verfolgen.

Umständlich wusch er sich im Bad das Blut seines ehemaligen TLs ab.

„Würde ja gerne wissen, was die Bullen sich hier zusammenreimen werden. Nimm bitte deinen Kugelschreiber mit", bemerkte Esteban ernst, bevor sie das Zimmer verließen.

Im Aufzug auf dem Weg nach unten sah Chris Esteban durchdringend an und sagte: „Du hast es mir versprochen." „Und ich habe Wort gehalten. Ich habe ihn nicht getötet. Du hast seine Frau umgebracht. Ich sagte doch: Man weiß nie, was kommt." „Das war ein Reflex."

„Eben. Genau deshalb."

***

Eine Stunde später erreichten sie Estebans englischen Wohnsitz, der kurz vor dem Londoner Bezirk Edgware lag. Das kleine, zweistöckige, leicht viktorianisch wirkende Haus war von einer drei Meter hohen Mauer umgeben. Sie fuhren den Audi durch ein massives Tor, das sich automatisch öffnete, als Esteban mit Chris' Handy eine bestimmte Nummer wählte.

Nach fünfzig Metern erreichten sie die Garage neben dem Haus, die sich ebenfalls automatisch öffnete, als sie darauf zu fuhren. Durch die Garage betraten sie das Erdgeschoss, das nur aus einem einzigen großen Raum bestand, in dessen Mitte ein antiker Konferenztisch stand, an dem fünfundzwanzig Personen Platz fanden. Gegenüber befand sich eine gemütliche Couchecke und in der Diagonalen eine kleine Eckbar.

„Nur vom Feinsten, du Snob", rief Chris. Sein Freund zeigte ihm den Stinkefinger und setzte sich an den großen Tisch, wo er eine

Schublade öffnete und einen Tablet-Computer herausnahm. „Guck mal, wie der FC gespielt hat, wenn du online gehst", bat Chris. Als wieder keine Antwort kam, ging er die Treppe hinauf ins Obergeschoss. Am Ende der Treppe befand sich jedoch nur eine Tür ohne Klinke, die sich nicht öffnen ließ. Also ging Chris wieder hinunter und mixte an der Bar zwei Wodka Lemon.

Kurz darauf saßen sie beide auf der Couch und prosteten sich zu. Esteban trank einen gewaltigen Schluck und sah seinen Freund lange an.

„Was?", rief Chris, der diesen Blick nicht gerne sah, da er ihn nur zu gut kannte. „Du hast Recht", begann Esteban. „Ich bin ein Snob. Das hier ist auch mein liebstes Zuhause. Ich habe hier nur wichtige Leute empfangen. Alte Kunden und gute Freunde. Wichtige Leute und einfach nur nette Leute. Aber niemals eine Frau, die Ärger machen könnte!"

Esteban nahm sich einen Moment Zeit, Chris' Sprachlosigkeit zu genießen, bevor er fortfuhr: „Celine rennt in London herum und fragt in allen Kneipen der Stadt nach uns. Wir müssen diese Frau stoppen, und zwar schon gestern, weißt du, was ich meine?" Chris stand auf, ging zur Bar und kehrte mit der Wodkaflasche zurück. „Was heißt das jetzt konkret?", fragte er Esteban, während er zwei Gläser mit Wodka füllte. „Gute Frage. Ich habe meinem alten Freund Gavin Bescheid gesagt, dass sie wohl heute Nacht im Lord Bramble aufschlagen wird, weil irgendein Wichser ihr gesteckt hat, man würde mich da öfter antreffen. Kunststück, schließlich gehört mir der elende Schuppen! Er wird sie da einsammeln. Ich hab ihm euer Foto aus Ibiza geschickt, wo du so auf MDMA abgegangen bist." „Oh nein. Nicht wirklich, oder? Da, wo ich keine Hose anhabe?" „Genau. Sie werden also vermutlich noch vor dem Frühstück hier aufschlagen, insofern ist das schon der richtige Ansatz von dir mit dem Wodka. Das hilft vielleicht, mir die Situation schönzutrinken. Du wirst dich in den nächsten Wochen nur um deinen Job kümmern. Um Celine kümmere ich mich. Du musst gut sein. Damit steht und fällt alles. Die müssen dich nach vierzehn Tagen auf ein Podest stellen. Kein negatives Feedback. Keine Drogen. Also im Job. Fick nicht mit der

Firma, mecker nicht über das Catering und verbrauch noch nicht einmal zu viel Gaffa-Tape, ja? Ihr schlaft übrigens im Keller. Cheers."

Kapitel 26

Celine drängte sich in dem engen, von Motown-Klängen erfüllten Club durch die Menschenmenge. Alles in allem war das Ambiente recht anspruchsvoll. Es gab eine kleine Tanzfläche, einige Nischen mit Clubsesseln und ein paar Stehtische mit Barhockern in der Mitte. Auf der Längsseite befand sich eine Bar, deren große Kilkenny-Werbung sofort ins Auge stach. Celine steuerte auf die Bar zu und fragte nach dem Clubbesitzer. Sie zeigte dem Barkeeper ein altes Foto, das Esteban mit einem Dackel auf dem Arm in einem Hawaiihemd und türkisfarbenen Boxershorts zeigte. „Schönes Foto. Warte mal hier, ja?", sagte der Barkeeper und verschwand nach hinten. Als er nach über fünfzehn Minuten zurückkehrte, informierte er sie: „Der Chef sollte heute noch kommen. Zeigt sich immer so um die Zeit jetzt. Was trinken? Geht aufs Haus." Mürrisch nahm sie die Einladung an.

Celine hatte in verschiedenen Internet-Cafés alle möglichen Technikfirmen angerufen, aber keiner hatte Chris auf der Crewliste. Zum ersten Mal, seit sie in London war, verließ sie die Hoffnung. Sie sah sich um. Das Publikum war durchschnittlich um die dreißig. Die meisten Gäste gehörten nicht zu der Sorte, die sich aufbrezelte und mit Cocktails wedelte. Hier hielt man sich eher an irisches Bier oder Single Malt. Chris und Esteban, dem Celine grundsätzlich die Schuld an allem gab, waren nirgendwo zu entdecken. Fast jedes Mal, wenn Chris Kontakt mit seinem Freund hatte, ging irgendetwas schief. Meistens im Zusammenhang mit schwerer Körperverletzung und Exzessen mit verbotenen Substanzen. Celine fand Esteban gruselig. In den zehn Jahren, die sie Chris nun schon kannte, hatte es keinen Anlass gegeben, ihre Meinung zu ändern. Gut, dass ich den nicht gefickt habe, stellte sie im Stillen fest. Sie ließ ihr zweites Freigetränk stehen und machte sich auf den Weg zur Toilette, die sich in einem kleinen, engen Flur befand. Bevor sie die Tür schließen konnte, kam ein Mann herein und packte Celine an der Schulter. Was er ihr mit seinem ausgeprägten Cockney-Akzent mitteilen wollte, verstand Celine nicht. Sie dachte nur an das, was ihr Chris an Selbstverteidigung beigebracht hatte. Genau genommen waren es Lektionen aus der Nahkampfausbildung von Esteban. Wer die Griffe richtig ausführte, konnte ohne Waffen töten.

Celine schlug ihrem Widersacher mit dem Handballen unter die Nase, was dieser blocken konnte. Da ihr nichts anderes einfiel, rammte sie ihm ihr Knie in die Hoden. Wenn er nicht leicht eingeknickt wäre, hätte Celine ihm mit der Handkante den Kehlkopf zertrümmert. So erwischte sie nur die Oberlippe und trat gleich darauf noch einmal zu. Der Mann fiel auf die Seite und krümmte sich vor Schmerzen.

Als Celine versuchte zu entkommen, rannte sie in die Arme des Barkeepers, der vor der Tür stand. „Hoppla!“, rief er.

„Vorsicht, die ist brutal. Bloody fucking bitch!“, kam die Warnung des blutüberströmten Mannes vom Fußboden der Toilette.

***

Eine Stunde später saßen alle vereint in Estebans Haus und tranken Wodka. „Celine, jetzt sei nicht so sauer auf Gavin. Schau doch mal, wie der aussieht. Den hast du genug bestraft.“ Chris grinste von einem Ohr zum anderen und sah zu Gavin hinüber, der gerade von Esteban am Kopf verbunden wurde. „Sag, wer ist dieser Bastard, mein Freund?“, fragte der Brite zornig. „Der hat dem Mädchen beigebracht, wie man dich zerlegt. Freu dich lieber, dass Mücke lacht. Wenn ich deine Kratzer versorgt habe, haust du ab und checkst alle Kanäle. Ich befürchte, dass wir bald Besuch von den deutschen Bullen bekommen. Danke, Celine“, beantwortete Esteban die Frage. „Du halt mal schön die Fresse. Du bist sowieso an allem schuld. Wegen dir hat Chris doch überhaupt erst all diese Probleme!“, herrschte Celine Esteban an. „Probleme?“, fragte dieser mit einem zuckersüßen Unterton in der Stimme. „Probleme? Wenn das nur Probleme wären ... ja. Wenn der 11. September auf einer Skala von eins bis zehn die neun belegt, wären Mückes Schwierigkeiten eine elf. Geht schlafen. Mücke muss morgen arbeiten.“ „Arbeiten?“, fragte Celine ungläubig. „Hab nen Job hier!", erklärte Chris. „Chris, bevor ihr mir nicht verratet, was ihr vorhabt, mache ich bestimmt nicht für dich die Beine breit." „Esteban?", flehte Chris. „Mach noch ne Flasche auf. Vielleicht sollten wir wirklich mal reden", antwortete der Hausherr. Celine grinste triumphierend.

Kapitel 27

Morgens um 9 Uhr kam Chris von der Akkreditierung, wo man ein Foto von ihm gemacht und ihm den Arbeitspass und die aktuelle Tagesdisposition ausgehändigt hatte.

Sicherheitshalber hatte er mit dem falschen Pass eingecheckt und hieß jetzt offiziell Simon Krüger.

Noch in der letzten Nacht hatte Celine ihm fast eine Glatze geschoren. Von seiner Haarpracht waren nur noch einen halben Zentimeter lange Stoppeln übrig. Für ihn war das die einzige akzeptable Alternative, um sein Outfit zu verändern. Sämtliche Vorschläge der anderen hatte er abgelehnt. Der Aufwand hatte sich gelohnt. Chris war einfach nicht wiederzuerkennen. Er wirkte viel maskuliner und seine jetzt viel größer und durchdringender erscheinenden dunklen Augen gaben ihm eine imposante, verwegene Aura, sodass sich sogar Männer nach ihm umdrehten, was er jedoch kaum registrierte.

Er zerbrach sich sein verkatertes Hirn über seine Freundin. Als Esteban Celine in ihren Plan eingeweiht hatte, verwandelte sich die sonst so schlagfertige Frau in ein handzahmes Püppchen, was Chris gar nicht gefiel. Bis gestern hatte er selbst nicht gewusst, dass auch Celine eine Rolle bei der Entführung des Scheichs spielen sollte.

Er beschloss, sich zunächst auf seine Arbeit zu konzentrieren. Erfreulicherweise fand er sich in der Produktion schnell zurecht. Doch schon bald wurde der obskure Tod von Wolfgang „Ritalin" Eichhorn - oder „Crazy Kraut", wie die Engländer ihn nannten - zum Thema Nummer eins, was Chris ziemlich aufs Gemüt schlug. „Hast du ihn gekannt?", fragte Trevor, der Tonassistent. „Nein. Ich hab noch nicht mal in dem Hotel eingecheckt. Bin hier privat untergebracht. Habe nur gehört, er war echt nett", gab Chris zurück. „Was? Das kann nicht sein. Dann meinst du einen anderen. Ich kann dir ein Dutzend Leute nennen, die ihn gerne getötet hätten. Wanker!", entfuhr es Neil, dem Beleuchtungsmeister. Leicht irritiert von der offenen Feindseligkeit ging Chris in den Cateringbereich, um einen Kaffee zu trinken und sich das Exposé der Sendung durchzulesen.

Mit der Jahrtausendwende begann sich ein Virus auszubreiten, das in Gestalt von Castingshows bis heute die Fernsehwelt beherrscht. Analog zum klassischen, anpassungsfähigen Virus fing das Format dieser Programme an, sich zu verändern. Während anfangs bei Sendungen wie Popstars noch Talent und Musik wichtig waren und auch den jeweiligen Jurymitgliedern Kompetenz unterstellt werden konnte, traten Emotionen, Verschrobenheit und der augenscheinliche Schockfaktor der Teilnehmer immer mehr in den Vordergrund. Die Jurymitglieder beschränkten sich auf die Kunst, die Teilnehmer lächerlich zu machen, sie vorzuführen und mit Knebelverträgen auszuweiden. Dann kam ein neuer Wandel. Von den Freakshows ging der Trend zurück zur Musik und Kunst und hin zur objektiven Bewertung durch die Jury. Das elende Televoting, die Produktplatzierung, das Merchandising und das Jurykonzept blieben genauso bestehen wie die Hoffnung der Kandidaten, aber Virtuosität und Talent rückten mit dem Versprechen auf Fairness und Kompetenz in den Vordergrund. Damit versuchten die Sender den Schatten des Image-gefährdenden Vorwurfs der Manipulation und der Unmenschlichkeit zu vertreiben.

All diese Dinge flossen in Englands neuen Hoffnungsträger der Fernsehunterhaltung ein. Bei Voice ‘n‘ Vibes mussten die Kandidaten singen können und ein Instrument beherrschen. Ein unerschöpflicher Werbeetat und zahlreiche Vor-Castings, die im stets begleitenden Voice ‘n‘ Vibes Magazine illustriert wurden, waren sehr erfolgversprechend. Jetzt wurden noch drei Big Shows produziert und der Gewinner sollte nach altem Brauch anschließend ausgeweidet und verheizt werden. Die Jury bestand aus zwei Männern und einer Frau. Die Jurorin hatte Chris schon einmal in einer Zeitschrift gesehen. Offenbar diente sie der optischen Aufwertung. Der jüngere der beiden Männer war ihm gänzlich unbekannt, aber der zweite Juror war kein geringerer als Keith Richards.

„Scheiße, wie geil ist das denn?“, sagte Chris zu sich selbst, trank seinen Kaffee aus und ging zurück in die Halle. In der Nähe des Operator-Bereiches, wo sich sämtliche Steuergeräte für Beschallung, Licht, Kameras und Videotechnik befanden, standen Trevor und Paul, der Produktionsleiter, mit seiner reizenden Assistentin Thandie. Sie verabschiedeten sich gerade von einem ihm unbekannten Mann. Der Fremde trug eine derart hässliche Jacke zu seiner unförmigen Jeans, dass Chris seinen rechten Arm verwettet hätte, dass es ein Polizist war. Sein Herz schlug ihm bis zum Hals. Die Beleuchter waren damit beschäftigt, die Studioscheinwerfer einzuleuchten und zu programmieren, sodass das Licht abwechselnd flackerte und blitzte, bis es plötzlich komplett erlosch. Als Chris die Gruppe erreichte, drehte der Mann sich gerade um und ging, ohne ihn im düsteren Licht genauer zu betrachten.

„Wer war das?", fragte Chris Thandie, die ihm sofort ihre üppigen Brüste entgegenstreckte und sagte: „Fucking bollocks! Jetzt hab ich ihm gar nichts von dir gesagt. Du stehst noch nicht auf der Stabsliste. Solche Dinge dauern immer. Das war ein Fahnder aus Deutschland." Sie sah auf eine Notiz auf ihrem Klemmbrett. „Säger! Habe ich das richtig ausgesprochen?" Sie kam noch näher. „Aber du hast doch nichts angestellt, oder? Scheiß drauf", schnurrte sie, gab ihm einen Klaps auf den Hintern und grinste ihn an: „Schon was vor heute Abend?" In Chris' Gehirn begann bereits ein Film mit ihm und Thandie als Protagonisten abzulaufen, als ihm einfiel, dass sich Celine auch in London befand. Fast mit Tränen in den Augen antwortete er eher aus Hilflosigkeit als aus einer Überlegung heraus: „Sorry, Schwester. Du bist voll süß, aber ganz ehrlich: Paul ist eigentlich eher mein Beuteschema." Er grinste verlegen. Thandie stand da, hatte ihren Mund mit den vollen Lippen geöffnet und starrte ihn aus ihren großen, blauen Augen ungläubig an. Ein Bild, das Chris nicht gerade half, den Ansatz einer Erektion zu unterdrücken, die seinem neuen Image in verräterischer Weise hätte schaden können.

„Bitte behalte es für dich, ja?", fügte er schnell hinzu. Trotzdem war ihm klar, dass es nur noch eine Frage von Stunden war, bis die gesamte Produktion von seiner „Homosexualität" wusste. Doch wie konnte er sich überzeugend wie ein Schwuler verhalten? Esteban gab ihm den Rat, sich genauso zu benehmen, als wenn er hetero wäre, nur einfach bei Männern anstatt bei Frauen. Was soll da auch anders sein, dachte er beruhigt.

Im Studio begannen seine Kollegen bereits, das Soundsystem einzumessen. An verschiedenen Positionen im Saal waren empfindliche Messmikrofone aufgebaut worden. Trevor und Ed, der verantwortliche Systemtechniker, korrigierten Laufzeitunterschiede, die durch die unterschiedlichen Abstände der Lautsprecher zum Publikum entstanden.

Am Abend waren noch technische Proben angesetzt worden.

Kurz vor dem Abendessen waren Chris und seine Kollegen soweit, dass technisch alles funktionierte. Trevor stand auf der Moderatoren-Plattform, die durch einen Catwalk mit der Showbühne verbunden war, und fing an, die Mikrofone für Chris anzusprechen, damit dieser sie einrichten konnte. Für Trevor bedeutete das, permanent zu reden, während Chris seine Filter am Mischpult setzte.

„Er ist groß, hat überall Venen und stinkt. Meinen Schwanz willst du nicht. Du wirst krank. Aber ich habe eine Creme. Der Arzt sagt, eines Tages geht das weg. Hatte keinen Blowjob seit fünf Jahren. Sie sagt: ‚Ich pack das nicht an, du Bastard. Fuck off!‘ ...“ Chris sah verzweifelt zu Alan, dem Lichtoperator, hinüber. „Der macht mir Angst!“ „Der ist immer so“, antwortete Alan.

„Ich habe von einer Nutte gehört, die es mir machen würde. Für wenig Geld. Nur Münzen. Keine Scheine. Billiger Wein -billige Pussy. Billige Krankheiten. Billige Syphilis, billige Gonorrhö, billiges Aids ...“

„Danke, ich hab alles!“, rief Chris und schaltete das Mikro aus. Das ganze Studioteam lachte. „Simon, kannst du gleich nach dem Essen mal in mein Büro kommen?“, fragte Paul, der plötzlich hinter Chris stand. „Jo, mach ich. So in einer halben Stunde?“, antwortete Chris. „Dankeschön“, flüsterte Paul und streichelte Chris zart über den Unterarm, bevor er ging. Ach du Scheiße, dachte Chris.

Kapitel 28

In einem kleinen Café in der Nähe des Britischen Museums saß Hauptkommissar Säger und sah Kramer angewidert an. Sein Kollege verschlang gierig eine Mahlzeit aus gebackenen Bohnen, Ei und kleinen Würstchen. Säger musste an ein Raubtier denken, das genüsslich die Gedärme aus seinem Opfer riss. „Haben Sie es eilig, Kramer?" „Hmmmpff ..." Säger schüttelte genervt den Kopf und nippte an seinem englischen Tee - eine große Enttäuschung, wo England doch als Teetrinkernation galt. Offensichtlich trank man hier viel Tee, aber keinen guten. Erst jetzt wurde ihm bewusst, wie sehr ihn die Fülle der in Deutschland erhältlichen Tees verwöhnt hatte. Assam Mokalbari oder Marangi oder auch klassische Grüntees wie Gyokuro, davon konnte er auf dieser Insel mit ihrem beschaulichen Angebot nur träumen.

„Kramer, wir sind jetzt an einem Punkt, wo ich nicht mehr weiterweiß, und wir haben nicht den Ansatz einer Spur. Die Holthaus hat sich in Luft aufgelöst. Es gibt nicht einmal Frauenleichen, die ihr ähnlich sehen, sodass wir nicht von einem Verbrechen ausgehen können. ... Nein. ... Wir haben alle Veranstaltungsfirmen und Studios hier durchgecheckt. Keine Spur. Kramer, verdammt! Hier existiert ein Netzwerk oder so was. Aber warum London? Untypisch für solche Terrorzellen. Hier passt nichts zusammen ..."

„Kramer, gehen Sie mal ein bisschen spazieren draußen", sagte Esteban, der plötzlich vom Tisch hinter den beiden aufstand. Der verdutzte Assistent blickte den Kommissar unschlüssig an. Säger wedelte mit der rechten Hand in Richtung Ausgang, woraufhin Kramer mit dem Rest seines Frühstücks im Mund das Café verließ. Esteban setzte sich auf den freien Platz rechts neben Säger. Ohne den Blickkontakt mit Säger zu unterbrechen, holte er sein Bierglas vom Nebentisch. Die beiden Männer blickten sich stumm an. „Gehen Sie ruhig ran", ermutigte Esteban den Kommissar und stützte seinen linken Arm auf dem Tisch auf. Säger spürte kaltes Metall an der Innenseite seines rechten Oberschenkels, ungefähr da, wo der

Vibrationsalarm seines Handys vor fast einer Minute losgegangen war. „Sensibles Kerlchen, wie?“, fragte der Kommissar völlig unbeeindruckt und nahm den Anruf entgegen. „Karl Strauß. Säger, sind Sie wahnsinnig geworden? In Brüssel fliegen die Leute in die Luft und Sie machen einen staatlich geförderten Ausflug nach London? Na ja, machense, machense, wennse meinen. Aber in achtundvierzig Stunden habe ich was auf dem Tisch. Von mir aus auch Ihren Kopf!“ Strauß hatte aufgelegt. Wieder blickten sich die Männer ein paar Minuten lang nur an, bis Esteban das Messer zurückzog und sagte: „Kann ich Ihren Gesichtsausdruck als Zeichen der Basis für eine Zusammenarbeit interpretieren?“ „Was kannst du denn Tolles, und was willst du als Gegenleistung?“ „In meinem Bauchladen habe ich verschiedene Preziosen. Fangen wir direkt mit der Variante an, bei der Sie das Lokal wieder lebend verlassen?“, erkundigte sich Esteban hämisch grinsend. Jetzt fing das Spielchen langsam an, Säger Spaß zu machen. Anscheinend war er bei seinen Ermittlungen doch jemandem auf den Schwanz getreten. „Lass hören. Ich bin hier auch nur Gast“, sagte Säger laut. „Also gut. Offenbar sind Sie ja nicht der dümmste Vertreter Ihrer Zunft, sonst wären Sie jetzt nicht in London. Der, den Sie suchen, ist wahrscheinlich der Einzige, der keinen Dreck am Stecken hat.“ Esteban dachte kurz an Ritalins tote Ehefrau. „Der einzige Unschuldige. Die Bullen habe ich umgebracht. Hausfriedensbruch.“ „Du elendes ...!“, schrie Säger plötzlich. „Moment! Mücke hat eine verwanzte Uhr gefunden und ihr Vollidioten habt meine Bude gestürmt. Das macht man nicht. Jetzt sehen Sie aus, als ob Sie sich in die Hose gemacht hätten.“ Esteban grinste und zündete sich eine Zigarette an. Säger riss ihm die Kippe aus der Hand und warf sie auf den Fußboden, wo er sie einfach austrat. Als Esteban sich wortlos eine weitere ansteckte, stand Säger auf. „Was haben Sie vor?“, erkundigte sich Esteban sichtlich erstaunt. „Du bist zu mir gekommen. Wenn du die simpelsten Höflichkeitsformeln nicht beherrschst, leck mich oder komm mit raus, wo ich dir in den Arsch treten kann.“ Damit verließ er das Lokal. Esteban stand lächelnd auf. Perfekt. Der Kommissar hatte angebissen. Draußen stand Kramer. „Gehen Sie rein und zahlen Sie die

Rechnung, Kramer", befahl Säger. „Ich hatte ein großes Boddingtons", ergänzte Esteban.

Die beiden sahen dem verdutzten Assistenten nach, der grummelnd wieder das Café betrat. „Was wissen Sie über mich, Säger?" „Früher wohnhaft in Köln unter dem falschen Namen Ralf Schmidt - sehr originell - und offenbar nicht so erpicht auf Besuch. Oder warum mussten meine Kollegen sterben? Du bist über einen Meter achtzig groß, aber dein linker Fuß scheint kaputt zu sein. Du bist halbwegs intelligent und entweder sehr selbstbewusst oder ein riesiges Arschloch und ein beschissener Angeber. Du hast ein sehr scharfes Messer dabei und eine Pistole. Es muss ein sehr altes Modell sein, vielleicht eine alte Walther. Und du wirst mir in den nächsten fünf Minuten sagen, was du von mir willst, oder ich knall dich hier und jetzt ab - und wenn es das Letzte ist, was ich auf dieser Welt tue", kläffte der Kommissar. „Oh, das wäre es, oh ja. Komm, gehen wir ein Stück?", forderte Esteban den Kommissar auf. „Okay. Scheiß auf Kramer."

Sie gingen um die Ecke in eine Gasse. „Jetzt, wo wir Freunde sind: Wie lautet dein Vorname? Heiner heißt du, oder? Ja. Heiner, man nennt mich Esteban. Deutsche Polizisten fallen sehr schnell auf in London, so konnte ich dich finden. Es war klar, dass ihr Celine beschattet. Gehen wir doch mal alles durch: Option eins: Karl Strauß schlachtet dich, Kramer wird dein Nachfolger und beweist in diesem Zusammenhang, dass du schon immer für die Terroristen gearbeitet hast. Vorbereitende Gespräche haben schon zwischen Strauß und dem Innenministerium stattgefunden. Option zwei: Du knallst mich ab und stirbst ungefähr eine Sekunde später, wenn ich den lustigen Totmannschalter an der handlichen Splittergranate in meiner Jacke loslasse. Option drei: Wir servieren dir in einer Woche den heiß begehrten Abad Dus Kashis Numero drei lebendig und als Geschenk verpackt. Dafür denkst du dir was aus, wie Mücke und ich aus der Sache rauskommen." „Wieso soll ich dir auch nur ein Wort glauben?" „Das sollst du nicht, Heiner. Das musst du. Im Prinzip wisst ihr nichts. Selbst wenn es euch zu zweit gelänge, Mücke zu schnappen, würde dein Kopf rollen. Das hier ist nur noch Politik. Aber wenn du denen einen Anführer der El Kaida auf den Teller legst, fressen sie dir anschließend aus der Hand. Das mit den toten Bullen tut mir leid. Aber ich gehe nicht noch mal in den Knast. Eher sterben noch mehr Bullen, glaub mir. Hier!“ Er gab Säger ein altmodisches Handy, über dessen Stummelantenne der Sicherungsring einer Handgranate baumelte. „Ich habe eine Nummer in die Wahlwiederholung getippt, wo du mich erreichst. Versuch gar nicht erst, mein Telefon anzupeilen. Du hast drei Tage, um Bescheid zu sagen, ob du mitmachst. Danach bist du raus. Mach es gut, Heiner.“ Esteban ging den Weg zurück und nickte Kramer zu, als dieser in die Gasse einbog. „Esteban!“, rief Säger. Der Spanier blieb stehen und fragte ohne sich umzudrehen: „Ja? Was ist?“ „Warum eine Woche?“

„An dem Datum bist du zu einem wichtigen Event eingeladen, Heiner.“

Kapitel 29

Chris ging durch die Vorhalle des Studios an zahlreichen Bürocontainern vorbei. Der Geruch von Kaffee und Kopierpapier mischte sich mit Zigarettenqualm aus der Raucherecke und der typischen Ausdünstung von nagelneuen Bühnenscheinwerfern, mit denen das Areal ausgeleuchtet wurde. Kurz vor dem Ausgang befand sich das Büro mit dem Türschild „Paul Robertson – Production Management".

„Ja bitte ...?", ertönte es von drinnen, nachdem Chris geklopft hatte. „Simon Krüger!", antwortete er. „Augenblick noch ...!", antwortete Paul etwas zu hektisch für Chris' Geschmack. Es dauerte fast noch fünf Minuten, bis er hereingerufen wurde. Fassungslos knallte Chris die Tür hinter sich zu. Paul stand in einer schwarzen Uniform der Waffen-SS vor ihm und rief mit ausgeprägtem englischen Akzent: „Heil Hitler!" Er hatte sich ein sehr markantes Hitler-Bärtchen aufgeklebt und ließ seine Uniformhose fallen, wodurch die bis zu seinen Knien reichenden Schnürstiefel deutlich zur Geltung kamen. Sein erigierter Penis gab der Szene einen bizarren Anstrich.

Paul watschelte langsam näher und versuchte dabei umständlich, seine Hose loszuwerden. „Blitzkrieg!", rief er, als er Chris erreichte, und griff dem vor Entsetzen sprachlosen Neuankömmling in den Schritt. „Holde Maid, so mach es mir!", krächzte Paul. Chris schlug ihm mit voller Wucht gegen die linke Schläfe und murmelte: „Drecksnazis!" Dann drapierte er seinen bewusstlosen Vorgesetzten auf einem Bürostuhl und machte ein paar Fotos mit dem Handy.

Gut, dass ich mir gestern dieses Smartphone besorgt habe, dachte Chris. Erstaunlicherweise hielt die Erektion noch lange genug, um aussagekräftige Bilder zu ermöglichen.

Chris holte ein Glas Wasser und schüttete es Paul ins Gesicht. „Was?", rief der, als er plötzlich zu Bewusstsein kam. Chris streichelte ihm über den Kopf. „Paul, du bist hingefallen. Deine Hose, weißt du?" Paul sah an sich hinunter und wurde abwechselnd knallrot und kreidebleich im Gesicht. „Paul, es gibt da schon jemanden in meinem Leben, sorry!“ „Du bist gefeuert, bloody wanker. Fucking shitface! Verpiss dich!“, schrie Paul. Kommentarlos nahm Chris das Handy, zeigte ihm eines der Fotos und bot ihm eine Zigarette an. „Paul, kannst du dir bitte eine Hose anziehen?“ Der Produktionsleiter zog den Fetisch aus und legte wieder seine normale Kleidung an. „Simon, sei nicht sauer. Ich bin echt kein Nazi. Du hast mir von Anfang an gefallen. Thandie kam heute zu mir und sagte, du bist schwul und stehst auf mich. Und Thandie kriegt jeden verdammten Hetero in die Kiste. Jeden. Also dachte ich, bevor ein anderer - und hier beim Set gibt es eine Menge Konkurrenz, wenn du weißt, was ich meine.“ „Hase, ich verrate nichts. Ich fühle mich geschmeichelt, aber ich bin in festen Händen“, säuselte Chris. „Dann lösch die Scheißbilder!“, schrie Paul. „Ruhig, mein kleiner Soldat.“ Chris kniff dem aufgebrachten Briten in die Wange. „Es gibt da ein paar Jobs auf dieser Hochzeit mit dem Sieger von Voice ‘n‘ Vibes als Überraschungsakt. Setz mich auf die Liste und ich lösche die Fotos. Alternativ kann ich mir die Kohle auch bei der Sun holen, indem ich die Bilder verkaufe, Süßer.“ „Habe ich dein Ehrenwort, dass die Fotos verschwinden?“ „Hast du“, beruhigte ihn Chris. „Paul, das Bärtchen nicht vergessen. Steht dir aber eigentlich ganz gut.“ Er zwinkerte und ging hinaus. Irgendein schwerer Gegenstand polterte von innen gegen die Containertür.

***

Gute zwei Stunden später kam Chris bei Esteban an. Er stellte die Hayabusa in der Garage ab und ging ins Haus.

Die Suzuki gefiel ihm mit ihren knapp 200 PS recht gut, und gefühlsmäßig kam sie nah an seine BMW heran. Da sein Freund nicht zu sehen war, beschloss er, im oberen Stockwerk nachzusehen. Die Tür am Ende der Treppe war zum ersten Mal nur angelehnt. Chris betrat Estebans heilige Privatgemächer nicht ohne ein mulmiges Gefühl. „Este? Jemand da?“, rief er, während er die glatte Stahltür ohne Klinke aufdrückte. Beinahe wäre er über eine Reihe achtlos übereinandergeworfener Schuhe gestolpert. Offenbar war die Etage wie eine traditionelle japanische Wohnung aufgebaut, wo man sich im Flur die Schuhe auszog. Geradeaus und links befanden sich Schiebetüren, die den japanischen Fusuma nachempfunden waren. Die erste Tür links führte in ein edles Badezimmer, die zweite in eine Toilette. Diese beiden Einrichtungen waren in Japan traditionell in getrennten Räumen zu finden. Chris öffnete die letzte Tür und erblickte Esteban auf dem Boden hockend inmitten von verschiedenen Handfeuerwaffen, mit deren Pflege er gerade beschäftigt war. Der Fußboden bestand aus Tatamis, Matten aus geflochtenem Gras, wie sie in vielen japanischen Häusern auch heute noch in mindestens einem Raum, dem Washitsu, verwendet werden. Esteban hielt Chris die alte Walther von Ritalins Frau hin. „Wirklich schön. Kaum benutzt worden. Die müssen einen höheren Offizier in der Familie gehabt haben." „Diesen Zweig der Familie haben wir wahrscheinlich ausgerottet. Hier schläfst du auch?", wollte Chris wissen, während er sich umsah. Es gab noch eine Multimedia-Ecke mit einem vernetzten Zweiundvierzig-Zoll-Plasmafernseher. Ansonsten war der Raum schmucklos karg. „Ja. Komm, wir gehen runter an die Bar."

Unten angekommen, mixten sie sich jeder einen Scotch mit Soda. „Glenmorangie. Direkt aus den Highlands. Erzähl. Wie läuft es?", fragte Esteban. „Jeder weiß nun, dass ich auf Männer stehe. Ging leider nicht anders, äh ..." Er sah sich um. „Wo ist denn Celine?" „Celine ist mit Gavin in London. Sie versuchen, einen Job für die Gute im Savoy zu bekommen. Dort wird die Hochzeit stattfinden. Erzähl weiter." „Jedenfalls weiß es jetzt jeder, weil die Alte, der ich es gesagt hatte, damit sie mich in Ruhe lässt, es überall ausposaunt. Apropos Po. Mein Gott, die hat so einen geilen Arsch ... Unfassbar, aber egal. Hier." Er schob Esteban das Handy mit dem eindrucksvollsten Foto von Paul zu. „Scheint ja dein Ding zu sein, das Schwulsein", bemerkte Esteban trocken. „Das ist mein Vertrag für den Job auf der Hochzeit. Der Typ ist der Chef im Ring für die ganze Technik im Studio und möchte, dass ich die Bilder lösche. Dafür hat er mir gerade die Auftragsbestätigung als technischer Betreuer im Savoy geschickt. Das Grand Final ist am gleichen Tag wie die Hochzeit und ich ..."

- er klopfte sich mit kaum verhaltenem Stolz zweimal selbst auf die Brust - „... werde sofort nach der Sendung mit dem Sieger dahin düsen und den Scheich anbaggern. Der Aufbau beginnt zwei Tage vor der Hochzeit. Morgen bekomme ich die Pläne." „Von deinem kleinen Diktator? Mücke, du bist echt genial! Cheers!" „Cheers!", gab Chris zurück.

Kapitel 30

Celine stand vor ihrem Bett und warf den kurzen, schwarzen Rock auf die Matratze, wo er sich in Gesellschaft zahlreicher anderer edler Kleidungsstücke wiederfand. Die hellgrüne Spitzenunterwäsche schien mit ihrem zarten Körper zu verschmelzen. Sie wusste, welche Wirkung sie auf Männer hatte. Celine betrachtete ihre langen Beine und fasste sich an ihre perfekten runden Brüste. Etwas mit tiefem Dekolleté musste her - ein Kleid.

Sie nahm ihr Handy und rief Esteban auf seinem neuen Smartphone an: „He, ich finde einfach nichts zum Anziehen."

„Du hast von mir zweitausend Pfund bekommen - und findest nichts?" „Ich hab da noch eine kleine Boutique gesehen, wenn du noch mal fünfhundert ..." „Nein. Dein Job ist wichtig. Fast entscheidend für den Erfolg. Versau es bitte nicht. Halte dich an den Plan und sei pünktlich!"

Celine schwieg. „Also gut, ich schicke dir noch mal Gavin mit fünfhundert Pfund vorbei", seufzte er und legte auf.

Celine warf sich lächelnd aufs Bett. Männer – sie waren so einfältig.

***

In seinem Haus am Stadtrand drehte Esteban sich zu Gavin um, der hinter ihm an der Bar saß. „Fahr bitte noch mal zu Celine und bring ihr fünfhundert Pfund. Und vertragt euch." „Bevor ich mich schlagen lasse", antwortete Gavin mürrisch, nahm den Autoschlüssel vom Tisch der Sitzgruppe und nickte Kommissar Säger zu, der gegenüber von Esteban saß und an einem Kaffee nippte. „Esteban, selbst wenn dieser irrwitzige Plan funktioniert und sogar mal vorausgesetzt, wir schaffen es, den Scheich lebendig aus dem Hotel zu bekommen, so frage ich mich trotzdem eines: Wie soll Mücke in so kurzer Zeit das Vertrauen des Terroristen erlangen? Das ist für uns entscheidend. Ich könnte natürlich den Laden stürmen und dich einfach übergehen, aber dann würde der Kerl fliehen. Darauf ist er gut vorbereitet. Er ist ja sogar in Dubai abgehauen. Wir müssen ihn da überwältigen, wo er sich sicher fühlt." Esteban grinste und zündete sich in Ruhe eine Zigarette an, bevor er dem Kommissar antwortete: „Mücke wird ihm bei der Veranstaltung das Leben retten. Fünf Minuten später glaubt unsere Zielperson, dass ihr schnuckeliger Retter vom anderen Ufer ist. Mücke hat da hervorragende Vorarbeit geleistet. Die ganze BBC kennt ihn als Schwuchtel. Spätestens dann wird sich unser Scheich persönlich bedanken wollen und Peng: Wir sind da, wo wir hinwollten." Säger überlegte einen Moment, ehe er fragte: „Wie käme Mücke in die Verlegenheit, ihm das Leben zu retten?" „Weil ich einen Killer engagiert habe, der den Mullah abstechen soll." Verblüfft hakte Säger nach: „Was ist, wenn die den Braten riechen? Oder der Killer Erfolg hat? Dann sind wir am Arsch." „Das glaube ich nicht. Das wird echt aussehen. Wir erzählen Mücke nichts davon. Er würde sogar einen Frosch über die Autobahn tragen - und mit dem Messer ist er besser als ich. Der Killer liegt nur in der fünfstelligen Gehaltsklasse und ist strohdoof. Der hat nicht den Hauch einer Chance. Wo wir gerade über Geld reden: Wie sieht es mit den zehn Millionen Euro aus? Mir geht langsam echt die Kohle aus und ich habe noch einiges zu finanzieren."

Säger wurde ernst. „Ich hatte schon angenehmere Gespräche als das mit Strauß. Er hat auch noch Israel im Nacken - es gab da so einen Vorfall mit dem Mossad. Ich habe ihm versichert, ihm den Scheich lebendig zu liefern. Strauß glaubt, ich hätte einen Tipp für die Entführung des Scheichs bekommen, und zunächst werden wir versuchen, diese Entführung zu verhindern, damit wir uns den Vogel selbst einfangen. In dem Chaos müsst ihr entkommen. Im nächsten Schritt werde ich Strauß über eine Kontaktaufnahme der Entführer und deren Lösegeldforderung informieren. Lass uns ruhig vierzehn Millionen sagen. Meine Pension ist nicht so rosig. Das kauft der mir ab. Wird eh aus der Portokasse bezahlt. Also keine Angst, das habe ich auf dem Schirm."

„Wunderschön", seufzte Esteban. „Zum Anfüttern habe ich noch eine Adresse in Köln, wo einer der Verantwortlichen vom Anschlag in Brüssel abgetaucht ist. Hebt das ganze Rattennest aus. Da ist garantiert auch was für Israel dabei. Aber dafür holst du uns jetzt zwei Drinks von der Bar. Danke dir. Mücke hat heute den ganzen Tag Probe im Studio, du kannst gerne noch bleiben, Alter." Säger kehrte mit zwei Gläsern Single Malt zurück und wirkte etwas verlegen, als er antwortete: „Mücke darf vorläufig nichts von mir und unserem Deal erfahren. Zuerst war ich nur froh, dich nicht mehr zum Feind zu haben. Aber inzwischen glaube ich, erstaunliche Sympathien für jemanden zu hegen, der so klar zu den Bösen gehört wie du."

„Du hast halt das nötige Maß an Intelligenz dafür in die Wiege gelegt bekommen. Cheers." „Zum Wohl."

***

„Kann man mich gut verstehen? Test. Test. Hallo!" Chuck Chesley saß an seinem Jurytisch, während Mücke sein Headset-Mikrofon aussteuerte. Mit ihrer piepsigen Stimme antwortete Andra Cumberland, die den weiblichen Part der Jury ausfüllte: „Nice, Baby. Nice! Wir können dich alle verstehen." Sie wurde gerade auf der Bühne von der Regieassistentin gebeten, sich an ihren Platz zu setzen, damit das Set für die nächste Probe aufgebaut werden konnte, als Keith Richards eintrat. Augenblicklich erfüllte die Aura des alten Mannes das Studio. „Los! Verkabeln! Aber vorsichtig. Nur wenn er will", tönte es aus der Kommandobox auf dem Kanal der Beschallungsabteilung.

Auf seine unnachahmliche Art näherte sich der Rockstar der Moderationsinsel. Wie ein Schwarm Fliegen umschwirrte ihn eine Schar aus Redakteuren, Künstlerbetreuern, Regieassistenten und Sponsorenvertretern. Auch die beiden für die Mikrofonierung im Studio verantwortlichen Techniker bemühten sich, an Richards heranzukommen, aber sie perlten immer wieder von der Menschentraube ab wie Wasser von einer Lotosblüte.

„Unfasslich!", sagte Chris zu dem Beleuchter neben sich und setzte sich in Bewegung. Er nahm seinem Kollegen das Headset mit dem Sender aus der Hand und stellte sich dem „Schwarm" in den Weg.

„He, Keith. Sorry, ich muss dich erst verkabeln. Ich bin Simon und mache hier das Pult", sprach er den Altrocker an. Entsetzen verzerrte die Gesichter der „Fliegen", als ob man ihnen die Beute entrissen hätte. Keith Richards blieb wie angewurzelt stehen. Er schwankte kurz, wie wenn er jeden Moment umzufallen drohte. Der verantwortliche Redakteur setzte gerade zu einem klassischen „What the fuck" an, als Keith antwortete: „Hi Simon. Schön, dich kennenzulernen. Ich wollte sowieso gerade zur Front of House kommen, aber der Fußpilz hier ..." - er machte eine ausladende Geste um seine eigene Achse - „die machen mich alle so verrückt. Aber ich sehe schon, wir müssen mal was trinken zusammen, wir zwei. Soll ich das Jackett ausziehen?"

Fünf Minuten später ertönte die Stimme des Rockstars aus den Lautsprechern: „Simon, mein Freund. Wenn du merkst, dass die uns Scheiße vorsetzen, dann mach den Mist einfach aus, ha ha." „Hi Mister Richards. Schön, dass Sie da sind. Wir machen noch ein paar Stellproben für das Licht und dann proben wir erst einmal den Part nach dem Aufsager - im Ablauf Punkt vier bis sieben ..." Das Saalkommando erschütterte mit seinem typisch quäkigen Sound und einem gnadenlosen, wenn auch gewünschten Lautstärkepegel jeden Winkel im Raum.

Wie aus dem Nichts stand Paul plötzlich hinter Chris.

„Simon, wenn du mich ruinieren willst, dann mach nur so weiter. Wenn du ..." „Mensch, Paul, der ist doch gut drauf", fiel Chris seinem Chef ins Wort. „Ich wette, ich kann ihn zu ein paar Fotos mit dir überreden. Was meinst du? Dafür kannst du dann ein gutes Wort für mich bei der Redaktion einlegen." Den Rest des Satzes konnte nur Paul hören: „Paul, wenn ihr mir jetzt alle nacheinander auf den Sack gehen wollt, komme ich nicht mehr zum Arbeiten. Also halt mir den Rücken frei. Und jetzt geh bitte. Blitzkrieg, Süßer."

Richards hatte sich inzwischen am Jurytisch eingefunden und widmete sich Andra Cumberland, die sich wie ein Aal wand, hin- und hergerissen zwischen ihrem natürlichen Instinkt zur Flucht vor dem fünfundvierzig Jahre älteren Mann und ihrem vorgegaukeltem Interesse. Dabei verhielt sich Richards sehr charmant. „Hey, hey, hey, du hast mir doch damals den Norman-Mailer-Preis überreicht! Oder? Keine Angst, irgendjemand musste es tun, ha ha." Er kratzte sich nervös an der Brust und zog unter seinem Stirnband eine zerknitterte Zigarette hervor.

„Schau, die habe ich mir aufgehoben, falls ich jemals wieder so eine wunderschöne Frau treffe, wie du eine bist. Gibst du mir Feuer, Baby?“ Im Studio waren längst alle Tätigkeiten unterbrochen worden. Jeder lauschte den Worten des großen, alten Mannes.

Chuck Chesley kam Andra zu Hilfe: „Hey, Keith, ich war damals bei deiner Filmpremiere - Chuck Chesley. Andra hatte diese Sendung. The Rock Dome.“ „Ach so, danke für die Aufklärung. Verwandt mit der Mörderpuppe? Hah! Der ist gut, Chucky, was? Andra. Ein bezaubernder Name. Feuer?“ „Mister Richards, hier ist leider Rauchverbot! Wir steigen ein bei der Begrüßung durch Brian Luca, ja? Begrüßung Jury, Schnitt auf das Publikum mit der Eins! Und der Drei! Gegenschnitt Jury mit Schwenk über die Bühne und dann schneiden wir auf die Sider! Im Saal ruhig etwas Technik verkaufen. Kameras, Lautsprecher, was weiß ich, ja? Und los!“, brüllte der Regisseur über das Saalkommando. „What a sick bugger ...“, murmelte Richards.

Zur gleichen Zeit wurde Celine vom energischen Klopfen an ihre Zimmertür geweckt. Erschrocken sprang sie aus dem Bett und eilte zur Tür, welche sie ohne nachzudenken öffnete. Gavin trat ein und prustete los:

„Ha, ha, ha! Ist ja ganz süß, Hooker, aber ob das einen Monkey wert ist?“ Celine sah an sich herunter, und erst da wurde ihr bewusst, dass sie in Unterwäsche vor ihm stand. Noch bevor sie sich ein Kleidungsstück greifen konnte, steckte Gavin ihr die Geldscheine zwischen die Brüste. Celine nahm das Tablett mit den Resten vom Frühstück und schlug es Gavin mit beiden Händen ins Gesicht. Noch während er sich die blutende Nase hielt, drehte sie ihn um und beförderte ihn unsanft aus dem Zimmer. Er fiel im Hotelflur auf den Boden. „Das sage ich Mücke, der macht dich alle, du chauvinistisches Dreckschwein. Das nächste Mal schneide ich dir dein kleines Gürkchen ab, verstanden? Warte im Auto. Ich muss noch mal in die Stadt! Und geh dir das Blut abwaschen.“ Sie knallte ihm die Tür vor der gebrochenen Nase zu. Gavin rappelte sich langsam auf, dann wurde ihm schwarz vor Augen.

Celine hatte sich gerade komplett ausgezogen, als sie ein Geräusch an der Zimmertür vernahm.

„Hast du immer noch nicht genug, du elender Spanner?", schrie sie, während sie die Tür aufriss. Mit Schwung traf ihre rechte Faust das Gesicht des Eindringlings. Es gab ein Geräusch, das an das Zerstechen der Kruste einer Crème brûlée erinnerte, als die Nase des Mossad-Agenten brach. „Grundgütiger!", stammelte Celine ebenso erschrocken wie nackt. Als der zweite Agent mit einer Pistole in der linken Hand und dem bewusstlosen Gavin am Kragen eintrat, hatte sie sich schon ein Bettlaken umgelegt. „Was wollt ihr Schweine!", brüllte sie. Der Israeli ignorierte sie und sprach hektisch mit seinem Kollegen, aber Celine konnte nichts davon verstehen. Kurz darauf verschwand der mit der gebrochenen Nase, um nur fünf Minuten später mit zwei großen Aluminiumkoffern zurückzukehren. Levy Eliah Rubinstein, Agent des israelischen Geheimdiensts, fesselte zusammen mit seinem besten Freund und Partner Caleb Salomon zuerst Gavin und dann Celine mit Kabelbindern. Sie packten ein paar Notebooks und ein Satellitentelefon aus und kümmerten sich eine Zeit lang nicht um ihre Geiseln.

„Das sind Juden", bemerkte Gavin, der aus seiner Ohnmacht erwacht war. „Mossad, dem Equipment nach zu urteilen. Hey, was wollt ihr hier? Lasst uns frei, oder ich schiebe euch die Thora in den Arsch. Von eurer Sorte habe ich schon einige auf dem Gewissen, ihr ..." Caleb Salomon schlug Gavin ins Gesicht. „Hört auf damit! Was wollt ihr von uns?", flehte Celine, deren Gerechtigkeitssinn ihre Abneigung gegenüber Gavin ein wenig überwog. Caleb Salomon drehte sich zu ihr um und flüsterte mit eisiger Stimme: „Sergej Galusin. Wo steckt der? Wir haben euch beide gestern zusammen in der Lobby gesehen." „Wer?", fragte Gavin scheinheilig. „Sergej Galusin!", wiederholte Levi Eliah Rubinstein.

Kapitel 31

„Sergej Galusin? So heißt der Typ, den du eingekauft hast? Nie gehört." Säger saß in Estebans Haus und trank einen Schluck Sake aus dessen heiligsten Beständen. „Glaub ich, Heiner. Gavin hat sich gestern im Savoy mit ihm getroffen und ihn eingewiesen in die Sache. Keine Leuchte, aber ich kenne ihn noch aus Russland. Moskau, Dubrowka-Theater, 2002. Flughafen Domododewo, 2005, auch Moskau. Letztes Jahr Dagestan. Alles weit weg vom Kölner Dom und Kölschen Klüngel. Das Leben spielt nicht da, wo uns die Realität vorgegaukelt wird, die dem jeweiligen Wirtschaftskonzept am besten in den Kram passt. Getötet und gestorben wird nie da, wo die Krawatten gebunden werden, sondern da, wo Kain seinen Bruder Abel erschlägt." „Esteban, du bist besoffen." Säger rülpste.

„Ich sag dir eins: Wenn ich mit Handschellen aufwachen sollte, bringe ich dich mit meinen Füßen um, Heiner", entgegnete der Spanier. „Cheers!" „Zum Wohl" „Kampai!" „Oder so." Esteban schloss die Augen und versank in seinem Sessel. Säger nutzte die Gelegenheit und suchte die Toilette auf. Als er zurückkam, hörte er schon von weitem Estebans Handy klingeln. Obwohl es direkt vor ihm auf dem Tisch lag, bemerkte der Spanier es nicht und schlief weiter. Säger sah auf das Display, nahm ab und lauschte. Dann schüttelte er Esteban und wehrte seinen darauf folgenden Handkantenschlag gekonnt ab.

„Sag mal, kann diese Celine eigentlich hebräisch?" Esteban sah ihn verdutzt an und nahm sein Handy entgegen.

„Abmarsch, Heiner. Hier, nimm." Er griff in seinen Sessel und warf dem Kommissar die alte Walther P38 zu.

Kapitel 32

„Sergej Glaswatte?", fragte Celine. „Galusin", erklärte Gavin, „Den hat Esteban engagiert neulich. Arschloch, nebenbei." Wieder fing sich Gavin eine Ohrfeige ein. Diesmal sprach Levi Eliah Rubinstein: „Du schweigst. Sonst ..." Er wedelte aufschlussreich mit einem Dolch, der mit alten hebräischen Schriftzeichen versehen war. „Kein Problem." Gavin schwieg und die beiden Agenten widmeten sich wieder ihren Koffern. Celine hatte den kleinen Streit genutzt, um wie eine Artistin mit ihrem nackten Fuß unter dem Bett die Tastensperre ihres iPhones zu lösen. Dann versuchte sie, mit dem großen Zeh das Menü der Wahlwiederholung zu öffnen. Ihre subtilen Bewegungen im Zusammenspiel mit ihrer spärlichen Körperbedeckung verhalfen ihr zu ungewollten Blicken der drei Männer, wobei keiner auf die Idee kam, unter das Bett zu schauen. Schließlich hatte sie Erfolg und wählte Estebans Nummer. Prompt fing sie an zu reden:

„Wollt ihr wieder ein paar Atom-U-Boote geschenkt oder gibt es einen neuen Holocaust-Gedenkstein, für den ihr sammelt? Seid ihr die Kokslieferanten vom Zentralrat der Juden oder seid ihr einfach nur ..." „Schweig!", brüllte Caleb Salomon. Dann sprach er auf Hebräisch angeregt mit Levi Eliah Rubinstein und zeigte dabei mehrmals auf Celine. „Auch schon Kinder erschossen im Gazastreifen, feine Kerle. Echt mutig." Celine war nicht mehr zu bremsen.

Offenbar wollte Caleb Salomon sie zum Schweigen bringen, während Levi Eliah Rubinstein sie zu ignorieren gedachte. Während sie immer lauter diskutierten, gab Celine ihr Bestes: „Das ist mein Hotelzimmer. Mein Zimmer ist das hier! Ich habe euch nicht eingeladen!"

Das plötzliche Schweigen der beiden großgewachsenen Israelis ließ auch Celine vor Angst verstummen. Die Agenten sahen sie durchdringend an. Immerhin hatte sie äußerlich ihr Bettlaken, um sich zu bedecken. Innerlich fühlte sie sich spätestens in diesem Moment ganz nackt.

Caleb Salomon packte sie am Hals und würgte sie, bis sie bewusstlos war.

Säger und Esteban fanden beim zweiten Anlauf den richtigen Hotelflur. Völlig betrunken von alkoholhaltigen Getränken aus zahlreichen Kulturen verursachten sie einen Höllenlärm. Der stämmige Kommissar blieb polternd vor einer Zimmertür stehen und winkte Esteban zu sich heran, der unzweifelhaft mehr Schwierigkeiten mit dem Alkoholpegel hatte. „Was?", stammelte er und fingerte umständlich die Generalschlüsselkarte heraus, die er beim letzten Besuch im Savoy benutzt hatte, um Zutritt zu Eichhorns Zimmer zu bekommen. Erst als Säger die Karte nahm, gelang es ihnen, die Tür zu Celines Zimmer zu öffnen. Während der Kommissar ins Zimmer stolperte und sich mit geübten Blick umsah, lallte er: „Hoppla. Sind wir hier richtig?" Er sah die beiden Mossad-Agenten, Celine und Gavin, die gefesselt auf dem Boden lagen, und die Handfeuerwaffen auf dem Tisch. „Komm rein, Junge, wir haben Besuch!", brüllte Säger und schubste Esteban ins Zimmer, der mit einem Fußtritt versuchte, Salomon außer Gefecht zu setzen. Der Israeli packte Estebans Bein und warf ihn zu Boden. Säger hatte sich blitzschnell die beiden halbautomatischen Waffen vom Tisch geschnappt und zielte damit auf Rubinstein. Erst da bemerkte er die beiden Magazine, die noch auf dem Tisch lagen. Als Säger abdrückte, machte es „Klick". „Scheiße, verdammter Alkohol ...", brachte er noch hervor, bevor er geistesgegenwärtig dem Aluminiumkoffer auswich. So traf Levi Eliah Rubinstein mit dem Transportbehälter stattdessen Caleb Salomon. Esteban nutzte die Chance, um den verdutzten Agenten durch einen gekonnten Faustschlag zu Fall zu bringen.

Der Kommissar hatte sich inzwischen an die Walther in seiner Jakkentasche erinnert und richtete sie auf Rubinstein.

„Schluss jetzt! Hinsetzen", herrschte er den Israeli an.

Esteban befreite Celine und Gavin, während Säger die beiden Agenten an Händen und Füßen fesselte und anschließend knebelte.

Gavin packte die Ausrüstung der Israelis ein. Celine hatte sich endlich angezogen und stopfte auch ihre Kleider in den Koffer. „Das war so ein schönes Zimmer. Das sage ich Mücke!", fuhr sie die beiden Agenten an.

Levi Eliah Rubinstein und Caleb Salomon hatten nun die Plätze mit ihren Geiseln getauscht. „Wir werden ihre Sachen - vor allem die Laptops – untersuchen. Vielleicht kapieren wir dann, was das hier sollte. Ich vermute mal, dass sie den Russen Sergej Galusin verfolgt haben. Er ist wirklich ein Idiot, wenn er sie zu uns geführt hat", bemerkte Esteban und verkündete dann in lupenreinem Hebräisch: „Ich hoffe, ihr wart nett zu Gavin, denn er wird euch in den nächsten drei Tagen mit Flüssigkeiten und Nahrung versorgen. Was das Problem der Verdauung angeht, habt ihr bestimmt Erfahrung mit Gefangenen in euren Gefängnissen sammeln können. Macht es halt genauso. Ihr bleibt am Leben, aber gefesselt und geknebelt, bis ihr mir nicht mehr in die Quere kommen könnt." Dann fügte er auf Deutsch hinzu: „Los, wir gehen. Ich brauche noch einen Drink." „Ich auch", stimmte Säger zu. „Hatte lange nicht mehr so einen Spaß."

Kapitel 33

Nach einer langen und anstrengenden Probe saß Chris mit ein paar Kollegen in einem Pub in der Nähe des Studios.

Das Ye Olde London auf dem Ludgate Hill war der inoffizielle Treffpunkt der Studiomitarbeiter. Wer sich hier nach der Arbeit nicht wenigstens auf ein Ale oder zwei blicken ließ, war prädestiniert für die Rolle des nächsten Mobbingopfers. Chris war umringt von männlichen Kollegen. „Hübsche Jacke, Simon." „Danke, Steve." „Was ist das für ein schöner Ring, Simon, darf ich mal sehen?" „Natürlich, Thomas." „Hast du noch mehr Tattoos außer dem da?" „Klar, Clive. Aber lass bitte meinen Arm los, ja?" Darauf die ganze Gesellschaft mit großem Interesse: „Ohhh. Kann ich mal sehen?" „Leute, bitte!" Chris war dankbar, dass zum einen Ruhe einkehrte und zum anderen sein Handy klingelte. „Hi Esteban. Was ist los? Was? Sag mal, bist du betrunken? Ich hatte heute Durchlaufprobe, Proben, Proben und nochmals Proben. Morgen ist die erste Sendung. Keith Richards ist echt nett, übrigens. In einer Stunde komme ich. Gut. Ciao, Süßer!"

Fünf Augenpaare starrten ihn an.

„Entschuldigt mich ...", bat Chris lächelnd, nahm sein Glas und setzte sich zu einem älteren Mann am Eingang, der ihn freundlich ansah. Carl war im Studio für das Material des Technik-Providers verantwortlich. Er wartete alles - vom kleinsten Kabel bis zum größten Mischpult. Chris interessierte sich jedoch besonders für Carls Aufgabe, die technische Ausrüstung bei allen Veranstaltungen zu stellen. Dazu gehörte auch die Hochzeit in drei Tagen. „Hallo, mein Rockstar ...", begrüßte er Chris. „Sag bloß, du hast was klargemacht?" Als Antwort schob Chris ihm ein Cellophan-Beutelchen mit Kokain zu. Hektisch steckte Carl es weg. „Alter! Das ist doch viel zu viel. Was soll das kosten?" Chris lächelte. „Du bist mein Botschafter. Von dir nehme ich kein Geld. Ohne dich wäre ich doch in diesem fremden Land verloren, ha, ha!" Sie stießen mit ihren Gläsern an.

„Allerdings ...", fuhr Chris fort, „könntest du mir einen kleinen Gefallen tun." „Für meinen Rockstar mache ich einiges." „Du schreibst doch den Lieferschein für diese Hochzeit im Savoy. Pack mir zwei leere Transportkisten für Genie-Supertower-Lifte auf die Baustelle und stell keine Fragen. Sorg dafür, dass sie Label bekommen, die sicherstellen, dass sie keiner anpackt. Die müssen in der Anlieferung vom Hotel stehen bleiben. Wenn du das hinbekommst, gibt es morgen noch mal ein paar Gramm Schnee für dich. Schaffst du das, mein Botschafter?" „Aber logo! ...- Manchmal kann ich kaum glauben, dass du zu denen gehörst." Er zeigte in Richtung der Männer, die am Tresen standen und Chris ansahen, als wäre er ein Hochverräter. „Schnucki, sei nicht so intolerant. Deal?"

„Deal!"

Mit Carl hatte sich Chris von Anfang an gut verstanden. In vierundzwanzig Jahren auf Tour hatte der Mann enorme Erfahrungen gesammelt, sei es mit Bands wie Genesis oder Pink Floyd. Selbst Keith Richards begrüßte ihn wie einen alten Freund. Trotz seiner zweiundsechzig Jahre war Carl noch sehr agil. Obwohl die Chemie zwischen den Männern stimmte, verwarf Chris den Gedanken, sein Gegenüber einzuweihen. Er wünschte sich manchmal, jemanden zu haben, dem er sein Herz öffnen konnte, zumal er auch bei Esteban neuerdings spürte, dass er ihm auswich, wenn Chris das Gespräch mit seinem Freund suchte. Dennoch stand die Loyalität des Spaniers für Chris außer Zweifel.

Es wäre für Esteban ein Leichtes gewesen, seine eigene Haut zu retten, ohne auch nur die Spur eines Risikos einzugehen, bei der Flucht zu scheitern.

Allein dass er irgendwann wieder nach Köln, in Chris' Heimatstadt, gezogen war, zeugte von ihrer tiefen Verbundenheit. Lediglich Estebans brutale Problemlösungsstrategien bereiteten Chris großen Kummer. Chris hatte keine Angst um sein Leben, er fürchtete sich vielmehr vor dem, was noch kommen würde, und vor dem latenten Verlust seiner Menschlichkeit. Es kamen ihm zu viele Menschen um. Furcht hatte er neuerdings auch vor der Verantwortung, die er plötzlich für Celine empfand ...

***

Säger hatte sich kurzerhand im Savoy eingemietet und war immer noch leicht angetrunken, als er mit Kramer telefonierte: „Es ist verdammt wichtig. Ich habe Sie nicht nach Köln zurückgeschickt, damit Sie sich auf Montag vertrösten lassen! In drei Tagen brauche ich hier die Unterstützung der Bundespolizei! Rufen Sie mich an, sobald Sie was wissen. SEK, Interpol, Rauchbomben, den ganzen Mist! Ich arbeite nicht undercover, damit keiner zu meiner Zirkusvorstellung kommt, verstanden? Ende!"

In diesem Moment kam Celine nackt aus der Dusche. Säger stockte der Atem. „Was wohl jetzt mit den Israelis wird ...?", sinnierte sie, während sie sich abtrocknete. Der Hauptkommissar war aufgestanden und sah aus dem Fenster, obwohl die Jalousien unten waren. „Gavin wird sich um sie kümmern. Ich nehme bitte die rechte Seite, ... ich muss schlafen. Jetzt."

Celine gab ihm einen Kuss auf die Wange. „Danke für alles. Ich lege mich schon mal hin. Das Bad ist frei."

Und dorthin begab sich Säger mit hochrotem Kopf.

Auch Chris genoss in Estebans Haus gerade eine ausgiebige Dusche und setzte sich danach zu seinem Freund an die Hausbar. „Hast du dich besoffen geprügelt?", fragte er den Spanier schmunzelnd. „Du hast den anderen nicht gesehen ...", antwortete dieser trocken, „Hast du die Kisten klargemacht?" „Ja, sicher. Morgen ist die erste Sendung. Gibt es irgendetwas, das ich wissen sollte? Wir werden uns jetzt kaum großartig sehen, bis die Sache anläuft. Ich weiß nicht, wie ich es dir sagen soll, aber das, was du da für mich tust, das ist ... Ich habe keine Ahnung, wie ich das wiedergutmachen soll, Bruder." Einzelne Tränen rannen aus Chris' Augen. Esteban drückte seine Zigarette aus und legte den linken Arm um seinen Freund. Chris begann zu zittern und weinte lautlos. Fast zehn Minuten saßen sie so auf ihren Barhockern, dann sagte Esteban: „Mücke, ich hab dir schon mehr erzählt als jedem anderen Menschen, aber das, was du noch nicht weißt, überfordert selbst mich. Deshalb wird es keiner erfahren. Seitdem wir uns kennen - und das ist schon eine halbe Ewigkeit -, stand unsere Freundschaft nie in Zweifel. Du bist da in etwas hineingeraten, das förmlich danach schreit, dass ich dir da raushelfe. Glaubst du an Schicksal? ... Mücke, ich helfe nicht nur dir - vielmehr gibst du mir die Chance, meine verruchte Seele zu retten. Der Plan ist verrückt, aber wir sind nicht allein. Du wirst sehen. Behalte den Scheich im Auge.

Das ist das Wichtigste. Bleib sofort in seiner Nähe.

Wir kriegen das hin - und die Schweine, die dabei draufgehen, haben es verdient. Die haben noch Schlimmeres angerichtet als ich. Vertrau mir. Ich liebe dich wie einen Bruder und egal, was passieren wird, sei einfach du selbst und tu das, was dein so verdammt großes Herz dir sagt." Er steckte Chris eine brennende Zigarette in den Mund und ging nach oben.

Kapitel 34

Chris hatte die Generalprobe schon hinter sich. Das erste Drittel der eigentlichen Sendung verlief ohne Probleme. Mittlerweile hatte man sich daran gewöhnt, dass Keith Richards eine gewisse Sympathie für Chris hegte. Ohne die Kapriolen des Altrockers wäre Chris wahrscheinlich an einem Kulturschock gestorben. Die Darbietungen waren teilweise so schlecht, dass Chris nicht nachvollziehen konnte, wer sich so etwas ansah. Aber die Einschaltquoten hatten den Olymp bereits überschritten und die Tendenz für das Grand Final war steigend. Woody Cochrane betrat die Bühne. Der Einspieler des Studios – MAZ genannt - wurde abgefahren, Anmoderation, Licht, Playback ab - go! Immer das Gleiche. Der junge Mann auf der Bühne trug eine Motorradlederjacke, über die er eine Jeanskutte mit zahlreichen Heavy-Metal-Aufnähern gezogen hatte. Als ob er dem Wahnsinn anheimgefallen wäre, schrammelte er mit einer sagenhaften Geschwindigkeit auf seiner E-Gitarre, ohne dabei jedoch auch nur einen existierenden Akkord anzuschlagen. Dann begann er zu singen – selbstverständlich live. Lediglich die Begleitmusik zum jeweiligen Kandidaten und seinem Instrument wurde im Studio vorproduziert und dann entsprechend eingespielt. Woody Cochrane quälte sein Publikum mit seiner lupenreinen Inkompetenz. Seine Stimme erinnerte an den Brunftschrei eines Hirschs. Keith Richards stand auf und verließ das Studio. Auch das Urteil der beiden verbleibenden Jurymitglieder fiel vernichtend aus. Plötzlich stand Richards mit zwei Gläsern Whiskey am Mischpult. „Hier, Simon. Wir stehen das sonst nicht durch. Nimm." „Danke, Keith. Cheers." „Cheers." Chris hatte bei der Produktion inzwischen Narrenfreiheit.

Begrüßungs-MAZ, Anmoderation, Licht, Playback ab - go!

Linda Carmichael kam auf die Bühne. Sie trug ein komplettes Ensemble von Victoria's Secret. Mindestens in DD. Die bildschöne dunkelhaarige Frau nahm neben ihrem Cello auf einem altertümlichen Stuhl Platz. Als das Playback zu Rehab von Amy Whinehouse startete, spreizte sie die netzbestrumpften Beine. Vor Chris' geistigem Auge zog im sprichwörtlichem Sinne sein bisheriges Leben vorbei.

Linda Carmichael begann ihr Cello zu spielen, wodurch das Stück plötzlich mehr Tiefe bekam. Dann sang sie: „They tried to make me go to rehab, but I said 'no, no, no ...'" Spontan begann das Publikum im Takt zu klatschen - es war eine großartige Darbietung. Als der tosende Applaus endete, begann Andra Cumberland aus der Jury: „Mir fehlen die Worte. Optisch, musikalisch einwandfrei. Klares Ja für das Finale." Chuck Chesley nickte nur, wirkte aber sehr ergriffen. Richards stand auf und grölte: „It's only Rock 'n' Roll!" Wieder setzte starker Applaus ein.

MAZ, Anmoderation, Licht, Playback ab - go! Dougal Mac Selvaratnam, ein junger Schotte Anfang zwanzig, betrat die Bühne mit einem Dudelsack in der Hand. Applaus. Werbeunterbrechung. Chris und ein paar andere aus dem Team gingen zum Rauchen backstage vor die Tür.

***

Gavin hatte die beiden israelischen Agenten versorgt, als der Aufzug kam, der ihn nach unten befördern sollte. Die Türen öffneten sich langsam und er war froh, dass sich keine parfümierte alte Schrulle, eine Gruppe devoter Japaner oder andere aus seiner Sicht unerträgliche Mitfahrer darin befanden. Er trat ein und plötzlich wurde es um ihn herum finster. Sergej Galusin zog Gavin wieder aus dem Aufzug, bevor sich die Türen schließen konnten. Gekonnt brach er Gavin das Genick und schleifte ihn drei Türen weiter zurück zum Zimmer mit den Mossad-Agenten. Er suchte in Gavins Taschen und fand die Zimmerkarte.

***

Nach sieben Minuten waren alle wieder auf Position. Das Studiokommando plärrte: „Achtung für Studio. Wir gehen raus mit dem Indikativ in fünf, vier, drei ..." Der Einspieler mit der Off-Stimme setzte ein, und danach wurden die Kameras direkt wieder auf Dougal Mac Selvaratnam geschnitten, der mit seinem ungewöhnlichen Instrument blau ausgeleuchtet wurde und bis zum Ansatz seines Schottenrocks in Nebel gehüllt war.

Er trug Copperhead Road von Steve Earle vor und spielte das Intro mit dem Dudelsack live dazu - eine ordentliche Performance und sehr guter Gesang. Applaus. Abmoderation. Schnitt. Jury. „Dougal Mac Selvarattam ...", sagte Chuck Chesley. „Mac Selvaratnam", korrigierte Dougal. „Mac Selvattnam. Okay. Das ist schottisch, ja? Nicht schlecht. Von mir aus bist du weiter." Applaus. „Mir hat es auch sehr gut gefallen. Auch das Outfit. Ich glaube, allen Frauen hat es gefallen, oder Mädels?", äußerte sich Andra Cumberland. Applaus. Keith Richards sagte: „Was soll der Mist mit dem Dudelsack? Warum nicht Gitarre? Das erinnert mich an die Vollidioten von Decca Records, die damals die Beatles abgelehnt haben. ‚Gitarrenmusik hat keine Zukunft, bla bla ...! Twats! Für uns war das gut. Für dich wird alles scheiße. Mit deinem Instrument wirst du jedes Date am Lagerfeuer mit einer schönen Frau zunichtemachen, weil du das Feuer ausbläst."

MAZ, Anmoderation, Licht, Playback ab - go! Clarke Filmore begann, auf seinem Keyboard eine Eigenkomposition zu spielen. Es war fürchterlich. Chris dachte an einen Nachbarsjungen, der von seinen Eltern gezwungen worden war, Klavier zu lernen. Dann sang Clarke dazu in einer völlig anderen Tonart:

„I never promised you a rosegarden ..." Offensichtlich war es doch keine Eigenkomposition. Einige Zuhörer im Publikum standen auf, fingen an zu pfeifen oder begnügten sich damit, den Sänger auszubuhen. Abmoderation. Zwei Teammitglieder betraten im „On" die Bühne und brachten einen Rollstuhl mit. Sie halfen dem Künstler hinein. Emotionen.

Schnitt auf die Jury. Keith fiel Andra ins Wort: „Okay, das reicht. Wollt ihr mich verarschen? Was hat der Mann euch getan, dass ihr ihn so vorführt? Bah!" Er setzte sich auf einen freien Platz im Publikumsbereich und holte sein Smartphone heraus.

***

Esteban legte auf und steckte sein Handy in die Hosentasche. Gavin war nicht erreichbar und das machte ihn stutzig. Celine ging ihrem Job als Zimmermädchen nach und war am Telefon sehr genervt. Sie hatte aber auch nichts von Gavin gehört oder gesehen. Was sie sehr begrüßte.

Vielleicht sollte ich mal zum Hotel fahren, dachte Esteban, da stimmt etwas nicht. Er nahm die Autoschlüssel vom Tisch und ging hinaus.

***

MAZ, Anmoderation, Licht, Playback ab - go! Steward Mastersen, ein Mann im Alter von neunundfünfzig Jahren, betrat die Bühne mit einem alten Höfner-Bass, wie ihn Paul McCartney bei den Beatles gespielt hatte. Absolut taktbefreit spielte er zu dem Playback und sang dazu völlig atonal: „I can't get no satisfaction, I can't get no satisfaction, ‚cause I try and I try and I try and I try. I can't get no, I can't get no ..." Richards, der noch im Publikumsbereich saß, explodierte förmlich. Er sprang auf, stürzte auf die Bühne und riss dem Mann eiskalt den Bass aus den Händen. Security-Mitarbeiter kamen hinzu und versuchten, den Rockstar zu besänftigen. Die Jury beschloss zweistimmig, Mastersen als Entschädigung für den Angriff ins Finale zu lassen. Applaus. Close-up auf Mastersen. MAZ ab. Werbepause.

***

Im Savoy öffnete der mit Blut und Fäkalien verdreckte Caleb Salomon die Zimmertür, trat vorsichtig hinaus auf den Hotelflur und huschte zur Tür direkt gegenüber. Er benutzte die Generalschlüsselkarte, mit der sich eine halbe Stunde vorher Sergej Galusin Einlass verschafft hatte, und betrat das fremde Zimmer.

***

MAZ, Anmoderation, Licht, Playback ab - go! Malik Pashtun war von pakistanischer Herkunft und gab mit Hilfe einer fürchterlich klingenden, elektrisch verzerrten Sitar den Led-Zeppelin-Titel Black Dog zum Besten. Andra Cumberland hielt sich die Ohren zu und Chuck Chesley bat Chris, die Darbietung am Mischpult deutlich einzuziehen. Es war grausam. Richards saß da wie versteinert. Buhrufe setzten ein. Als das Lied endlich vorbei war, meldete sich Andra zu Wort: „Das war ja wohl nichts." Keith Richards übernahm entgegen der Regieanweisung: „Da hast du ja ein ganz tolles Instrument gelernt. Was hast du als nächstes vor? Mit einem Flugzeug in ein Hochhaus fliegen?" Er begann zu lachen und sah dabei in Chris' Richtung. Applaus.

***

Esteban betrat das Savoy etwa zwanzig Minuten später und begab sich zu dem Zimmer, wo sich die Israelis und Gavin eigentlich aufhalten sollten. Anhand der Laptops der Mossad-Agenten hatte er herausgefunden, dass sie den Auftrag hatten, sowohl Galusin als auch den Scheich umzubringen. Galusin hatte unter Alkoholeinfluss in einem Bordell, das vom Mossad „überwacht" wurde, Andeutungen über seinen Auftrag gemacht. So war der Mossad auf die Spur des Scheichs gekommen und nun war nach Estebans Auffassung die Situation kurz davor zu eskalieren. Wie mit Gavin verabredet, klopfte er an. Viermal kurz und laut, dreimal leise im Sekundenabstand.

Keine Reaktion. Sein Blick fiel auf den Blutfleck an der Türklinke.

Kapitel 35

„Mücke hat gerade die zweite Show. Was ich euch jetzt erzähle, muss er heute noch nicht wissen." Esteban stand auf, ging zu seiner Hausbar und holte sich ein Glas Single Malt. Dann sah er seine Gäste an. Heiner Säger wirkte verunsichert, Celine mit ihren verschränkten Armen eher genervt. „Was ist los?", wollte sie wissen. „Gavin ist tot. Sergej Galusin und einer der Israelis auch. Der andere ist abgehauen. Er wird morgen versuchen, den Scheich zu töten und treibt sich noch irgendwo im Hotel rum, vermute ich. In Celines altem Zimmer liegen jetzt drei Leichen, um die wir uns kümmern müssen. Wir schaffen sie in eine der Transportkisten. Ich werde mir etwas anderes für Mückes Flucht überlegen." „Das heißt, wir haben nach wie vor unseren Killer", stellte Säger fest. „Nur dass er jetzt hebräisch statt russisch spricht. Wird Mücke mit dem Israeli fertig?" „Davon gehe ich aus, aber wer fährt den Wagen mit den Kisten?", gab Celine zu bedenken. „Kann es sein, dass es euch am Arsch vorbei geht, dass mein Kumpel tot ist?", unterbrach Esteban die Konversation der beiden. Er versuchte nicht erst, das Schweigen der anderen zu interpretieren, sondern befahl: „An die Arbeit, Freunde. Zum Trauern bleibt uns später noch Zeit genug." Säger und Celine sahen sich an. Celine verdrehte die Augen.

Mit Celines Generalschlüssel besorgten sie sich Arbeitskleidung vom Hotel und verschafften sich Einlass in das Zimmer mit den Leichen. Säger war sofort in seinem Element. „Genick gebrochen", stellte er fest, als er Gavins leblosen Körper betrachtete. „Hier waren die beiden gefesselt. Der rechte hat sich befreit. Das Tape ist durchgescheuert. Bei dem linken hat einer nachgeholfen. Sie waren also beide frei, als Gavin hier hineingeschafft wurde. Mann, stinkt das hier." Celine übergab sich bereits im Badezimmer. Der Anblick von Blut, Kot und Urin war zu viel für sie. Ungerührt fuhr Säger fort: „Hier hat noch ein Kampf stattgefunden." Er zeigte auf die Leiche von Levi Eliah Rubinstein. Dessen Hals war bis zur Halswirbelsäule durchtrennt. „Der Russe hat ihn fast geköpft. Widerlich. Vermutlich hat der Israeli den Russen zuerst angegriffen und sie sind zusammen gestürzt. Das erklärt die Kraft, die für den Schnitt nötig ist. Dann hat der andere Israeli seinem Kollegen geholfen, indem er Galusin den Schädel zu Brei schlug. Hiermit." Säger hob das blutverschmierte Tischbein auf, das beim Kampf zwischen ihm und dem Israeli vor ein paar Tagen abgebrochen war. Galusin sah zum Fürchten aus. „Offensichtlich hat er mehr als einmal zugeschlagen. Hol den Wäschewagen rein", forderte Esteban Säger auf und schloss Gavin die Augenlider. „Danke, mein Freund. Und verzeih mir ...", flüsterte er, „Das bleibt nicht ungesühnt." „Ich kapier nicht, wieso die es überhaupt auf Gavin und mich abgesehen hatten!", erklärte Celine, die sich zwar wieder aus dem Badezimmer gewagt hatte, aber vorsichtshalber nur durch den Mund atmete, um nicht erneut von Übelkeit übermannt zu werden. „Ich befürchte fast, dass es reiner Zufall war. Sie hatten vielleicht Galusin beschattet. Dabei muss ihnen Gavin aufgefallen sein, als er sich mit Galusin getroffen hat. Also beschatteten sie auch Gavin und stürmten in Celines Zimmer, als er ihr das Geld brachte", mutmaßte Esteban. „Schöne Theorie. Aber wie erklärst du dir, dass Galusin Gavin getötet hat?", fragte Säger. „Ich kann es nur vermuten: Er erkannte, dass Gavin die Mossad-Agenten versorgte und kam zu dem Schluss, dass es weniger riskant wäre, alle zu töten, als jemanden am Leben zu lassen, der seinen Auftrag gefährden könnte. Gavin hätte es nicht zugelassen, dass Galusin die Israelis umbringt."

***

Zwei Stunden später hatten sie Gavins Leiche im Kofferraum des Audis und die beiden anderen in der großen Transportkiste versteckt. Säger machte sich auf den Weg zurück ins Hotel und Esteban und Celine brachten Gavin zu seinem Bruder, dem einzigen nahen Verwandten. Nach zahlreichen Tränen und etlichen Dosen Stout fuhren sie wieder und kamen fast gleichzeitig mit Chris am Haus an. „Sagt mal, bin ich eigentlich der Einzige von uns, der arbeitet?“, begrüßte er die beiden. Sie ließen ihn wortlos stehen und gingen ins Haus. „Was ist los? Mann, ihr muffelt aber...“, fügte er hinzu.

***

Als Chris kurz darauf von Gavins Tod erfuhr, war sein erster Kommentar: „Mist, wer fährt denn dann den Sprinter morgen?“ Diesmal verdrehte Esteban die Augen. Noch einer, dachte er. „Wartet mal. Lasst mich mal telefonieren“, sagte Chris, tippte an der Hausbar eine Nummer in sein Handy und sprach kurz darauf mit Carl aus dem BBC-Studio: „Hey, Botschafter. Alles im Lack? Sag mal, was machst du eigentlich morgen Nacht? Ich könnte deine Hilfe gebrauchen. Ernsthaft. Ist allerdings nicht ganz ungefährlich, ziemlich illegal und wenn du jemandem etwas erzählst, muss ich dich töten. ... Nee, ist kein Witz. ... Wirklich, du bist dabei? ... Gut, wir sehen uns morgen im Studio. Lass uns eine Stunde vorher treffen. ... Nein. Es geht nur um die beiden Transportkisten. Danke, Botschafter.“

„Geht klar“, erklärte Chris, setzte sich wieder zu Celine auf die Couch und küsste sie auf die Stirn. „Okay, Mücke. Es gibt noch etwas, das du wissen musst. Ein ganz übler Profi vom Mossad treibt sich morgen da herum. Und der wird versuchen, unseren Scheich umzubringen. Nach dem, was ich weiß, tut er das ohne Rücksicht auf sein eigenes Leben. Das heißt aber nicht, dass er nicht am Leben bleiben möchte. ... Mücke, könnt ihr das nachher machen, wenn ihr alleine seid, ja? ... Schalt den Typ aus, dann hast du Kashis in der Tasche. Es muss aber so aussehen, als ob du zufällig den Anschlag vereiteln würdest. Sonst machen die dich auch alle. Sei vorsichtig. Der Typ hat Gavin auf dem Gewissen. Du darfst diesen Einsatz nicht verkacken, um in deiner Sprache zu reden.“ Chris nahm Celine fester in den Arm, sah Esteban an und erwiderte: „Dafür steht viel zu viel auf dem Spiel, Alter.“

Als Chris und Celine sich in dieser Nacht nach langer Zeit wieder ein Bett teilten, war beiden nicht nach Sex zumute. Sie lagen lange nur nebeneinander und sahen sich an. Chris streichelte mit seinem Handrücken zärtlich Celines Wange und fragte: „Kuscheln?" Sie nickte. Kurz darauf schliefen sie eng umschlungen ein.

Kapitel 36

MAZ, Anmoderation, Licht, Playback ab - go! The Brady war ein komplett in schwarz gekleideter junger Mann mit einem langen, schwarzen Mantel. Er hatte sich nach Ian Brady benannt, der als Moormörder mit seiner Komplizin Myra Hindley 1966 in England für Aufsehen sorgte. Mit seiner Querflöte gab er What a wonderful world von Luis Armstrong zum Besten. Dann sang er, mit einer Stimme, die jeden im Studio in ihren Bann zog. Genau wie in der Sendung am Vortag setzte donnernder Applaus ein. Schnitt auf die Jury. Applaus. Andra Cumberland stand auf. Richards kam mit einer Gitarre auf die Bühne. Applaus. „Holt die verdammte Band!", brüllte er. Zwei Assistenten betraten mit einem Barhocker und einem Funkmikrofon auf Stativ die Bühne. Das Publikum skandierte: „Zugabe, Zugabe ..." Richards spielte auf seine unnachahmliche Art die Einleitung zu What a wonderful world, begleitet von The Brady mit seiner Querflöte. Das Playback blieb aus. Den ersten Refrain sangen sie zusammen. Die Zuhörer waren außer sich vor Freude. Allein in diesen zweieinhalb Minuten erhöhte sich die Einschaltquote um weitere dreiundzwanzig Prozent. Da stand Paul plötzlich am Mischpult und schrie Chris an: „Lauter! Mach das lauter!" „Verpiss dich, Adolf!", gab Chris zurück.

Werbepause. MAZ mit Richards' Ausrastern der letzten Sendungen. Und wieder stiegen die Einschaltquoten.

***

Caleb Salomon hatte sich seit seiner Flucht in vier verschiedenen Zimmern aufgehalten und sich dort auch Kleidung besorgt - aus jedem Zimmer nur ein Kleidungsstück. Im Hotelrestaurant fand er einen edlen Mantel und nahm ihn einfach von der Garderobe. Nun konnte er sich wieder halbwegs frei im Hotel bewegen, was er dazu nutzte, die Hochzeitsvorbereitungen zu beobachten und sich den großen Saal in allen Details einzuprägen. Der Auftrag musste zu Ende gebracht werden, zumal es Salomons Bruder war, den Abad Dus Kashis III in Dubai töten ließ. Salomons Knöchel traten weiß hervor, als er an den Tag dachte, an dem er erfahren hatte, was passiert war. Er war bereit zu sterben. Für die Sache. Für Israel. Für die Rache.

MAZ, Anmoderation, Licht, Playback ab - go! Tatta-Tatta-Tatta-Tatta, Tatt, Tatt! Fitz William Flanagan war Schlagzeuger und hatte sich für das Finale In the air tonight von Phil Collins ausgesucht. Wieder stürmte Richards mit seiner Gitarre die Bühne und unterstützte den Künstler, ob er wollte oder nicht. Das Publikum tobte. Chris bekam langsam Schwierigkeiten, weil die Studio-Beschallungsanlage an ihre Grenzen stieß.

Die Jury sprach ihre Empfehlung aus. Entscheiden sollten nun die Zuschauer. Erklärung Voting. Hinweis Gewinnspiel. Teilnehmergrafik mit Hinweis Televoting. Werbepause.

MAZ, Anmoderation, Licht, Playback ab - go! Lily und Lula Bridgeforce begannen mit einer Darbietung von Stay von Shakespears Sister. Dazu spielten die beiden Violine, und zwar auf höchstem Niveau. Einzig der Gesang von Lily war unerträglich. Mitten im Song unterbrach Richards die Performance. „Lasst sie einzeln auftreten, bitte. So geht das doch nicht. Die eine ist scheiße, aber die andere singt besser als Sarah Dash, Mann!“ „Wir brechen hier kurz ab. Das müssen wir wiederholen. Wir sind in die vorgezogene Werbung gegangen. Bitte die MAZ mit den Publikumsreaktionen vorbereiten. Damit kommen wir nach der Werbung zurück. Noch siebzig Sekunden- alles auf Anfang!“

Das Studiokommando beendete das erfolglose Flehen des Altrokkers. Beleidigt nahm Richards wieder seinen Platz ein. Lily und Lula blickten erbost in seine Richtung. Dann wurde alles wiederholt.

***

In der Hotelküche hatte sich Caleb Salomon ein außerordentlich scharfes Santoku-Messer besorgt. Hätte ich das gestern schon gehabt, wäre mein Partner noch am Leben, dachte er. Als dieser Russe, den sie gesucht hatten, plötzlich hereingekommen war, hatte Levi Eliah Rubinstein ihn gerade halbwegs von den Fesseln befreit. Dann war er auf den Russen losgegangen, ohne das Messer in der rechten Hand des Killers zu bemerken. Der wiederum hatte ihn - Caleb Salomon - nicht gesehen. Er warf Galusins Messer in die Spüle und steckte stattdessen das Santoku in seinen Stiefel.

***

MAZ, Anmoderation, Licht, Playback ab - go! Der letzte Auftritt begann mit einer akustischen Gitarre vom Playback. Die Bühne war spärlich in blau ausgeleuchtet und nach zwei Takten jubelte das Publikum und klatschte im Takt mit, weil es den Song sofort erkannte - Wonderwall von Oasis. Coleman Yorke spielte dazu Akkordeon und sang mit einer ausdrucksvollen Stimme, die den Gallaghers in nichts nachstand. Standing Ovations.

Keith Richards sprang auf die Bühne und machte vor Coleman einen lupenreinen Kotau. Applaus. MAZ mit Schnelldurchlauf der Kandidaten. Anmoderation Countdown. Der Gewinner stand fest. Werbepause.

MAZ, Anmoderation, Licht, Playback ab - go! Bis zur Verkündung des Siegers stellte Paul Potts seinen neuen Titel vor, der sich exakt wie der letzte Song von ihm anhörte. Chris zählte die Sekunden, bis die Tortur vorüber war. Dann wurde der Gewinner von Voice 'n' Vibes verkündet: Es war die hübsche Cellistin Linda Carmichael.

Kapitel 37

Nach einer waghalsigen Fahrt mit einem Londoner Taxifahrer, der sich die Aufforderung zur Eile sehr zu Herzen genommen hatte, kamen Chris, Linda Carmichael und ihr Manager etwa eine halbe Stunde vor dem geplanten Auftritt am Hotel an. Zahlreiche Pressevertreter begrüßten sie mit einem Blitzlichtgewitter.

Als Linda mit ihrer spärlichen Bekleidung ausstieg, verdoppelte sich die Frequenz der Fotos. Einem besonders aufdringlichen Reporter rammte Chris den Cello-Koffer mit dem Hals voran in die Genitalien, sodass dem Mann schier die Luft wegblieb. „Oh, sorry ...", entschuldigte sich Chris, „Wie ungeschickt von mir." Eilig betraten sie das Hotelfoyer. Zwei Vertreter der Agentur, die für die Durchführung der Hochzeit verantwortlich war, nahmen sie in Empfang und brachten sie in die erste Etage zum Veranstaltungssaal. Linda und ihr Manager gingen direkt zur Bühne und Chris bewegte sich in die Richtung, wo er das Mischpult vermutete. Er ließ seinen Blick über die Gäste schweifen. Sofort fiel ihm die erstaunlich hohe Dichte an schwarzen Anzügen auf, in denen zumeist Hünen in Sonnenbrillen steckten. Ein Teil von ihnen stand mit versteinerter Miene reglos herum, der andere trank, lachte, redete und feierte. Mafia oder Leibwächter, dachte Chris. Auffällig waren auch einige Gäste in orientalischer Kleidung. Auf ihren Kaftanen befanden sich aufwändige Stickereien. Mit diesen mürrisch dreinblickenden Osmanen mit Glutaugen war sicher nicht zu spaßen. Viele junge Frauen zeigten zu viel Haut, um noch als geschmackvoll gekleidet durchgehen zu können. Sie vergnügten sich meistens mit den dubiosen Anzugträgern. Aber es gab auch einige orientalische Schönheiten in prunkvollen, farbenfrohen Kleidern, Frauen in Burkas und auch ältere Frauen, die einfach nur bewiesen, dass man die Zeit weder in England noch im Orient aufhalten konnte. Und dann erblickte Chris einen Mann, den er schon von Fotos kannte:

Farouk al Awlak hatte nicht nur eine wunderschöne Tochter, die gerade den Sohn des berüchtigtsten und auch mächtigsten Unterweltbosses Londons geheiratet hatte, sondern besaß ein Imperium im Jemen, über das er Waffen in alle Länder der Welt lieferte. Auch mit Abad Dus Kashis III bestand eine rege Geschäftsbeziehung, aus der sich eine gewisse Freundschaft entwickelt hatte.

Der Tod des EU-Beauftragten zur Terrorbekämpfung lag definitiv im Interesse beider Männer.

Dem Vater des Bräutigams lagen statt Politik eher Drogen, Erpressung, Wirtschaftsspionage, Entführung, Menschenhandel, Mord, Prostitution und Arsenal London am Herzen. Fast ein Drittel der Gäste wirkte zwielichtig. Chris fühlte sich sehr unwohl. Dazwischen saßen B-Promis, die eher devot und käuflich wirkten und versuchten, durch übertriebenes Gelächter und ausladende Gesten die Aufmerksamkeit der Fotografen auf sich zu ziehen. Eine tolle Party.

Chris lud sein Show-File in das Mischpult und schon wurde das Saallicht gedimmt. Michael Buffer kam auf die Bühne und kündigte auf seine unnachahmliche Art Lindas Auftritt an. Selbst Sir Elton John, der den musikalischen Höhepunkt des Abends liefern sollte, setzte sein Champagnerglas ab und drehte sich zur Bühne. Und dann sah Chris seine Zielperson. Sie saß direkt mit dem Rükken zu ihm am Tisch rechts vom Mischpult: Abad Dus Kashis III hatte gerade bei Farouk al Awlak und dem Brautpaar Platz genommen. Zwei Leibwächter des Scheichs setzten sich ebenfalls. Chris hatte sich die Fotos genau eingeprägt, die Esteban über eine fragwürdige Polizei-Verbindung bekommen haben musste. Chris startete das Playback und Linda legte los.

***

Esteban traf sich unterdessen im vierten Stock mit Celine. Sie kam pünktlich auf die Minute aus dem mittleren Aufzug, nahm den Spanier an die Hand und zerrte ihn um die Ecke zum Eingang des Treppenhauses. „Die paar Stockwerke laufen wir“, sagte sie gehässig und öffnete die schwere Tür. Esteban zuckte mit den Schultern und folgte ihr. Er trug schwarze Kleidung, schwere Stiefel und einen großen, schwarzen Rucksack bei sich. Celine sah ihn kurz an und bemerkte trocken: „Wieder Waffen bis zum Arsch, oder? Spinner! Wenn Mücke was passiert, nutzen die dir auch nichts mehr, das schwör ich dir." „Wenn mir was passiert, hast du danach ganz sicher keinen Mücke mehr. Also reiß dich zusammen! Los jetzt. Welches Stockwerk?" „Ganz oben." „Na toll ..."

***

Caleb Salomon wartete mit einem teuren, perfekt sitzenden grauen Anzug in der Hotel-Lobby und beobachtete, wie die Gäste durch die Sicherheitskontrolle kamen. Unten vor der Treppe stand ein Empfangstresen. Hotelgäste, die von auswärts kamen und keine Einladung vorweisen konnten, wurden vom Personal angewiesen, den Aufzug zu benutzen. Im ersten Stock, wo sich der Festsaal befand, gab es ebenfalls einen Empfangstresen. Caleb Salomon brauchte eine Einladung. Er betrat den Aufzug, fuhr nach oben und beobachtete nun vom ersten Stock aus das Eintreffen neuer Hochzeitsgäste. Eigentlich hätte er die Aktion abbrechen müssen. Eines stand fest: Sollte er diesen Abend überleben, würde der Mossad ihn nicht dafür belohnen, geheime Unterlagen und einen Agenten verloren zu haben, ohne zu wissen, was hier eigentlich gespielt wurde. Er und Rubinstein hatten durch Galusin eindeutige Hinweise auf den Aufenthaltsort von Abad Dus Kashis III bekommen. Aber wer waren die Leute, die ihn und seinen Kollegen anfangs überwältigt und gefangen genommen hatten? Und was hatten sie vor? Wenn er jetzt aufgäbe, würden diese Leute sich den Scheich schnappen, soviel hatte er verstanden. Das konnte er nicht zulassen.

Die Aufzugtür öffnete sich und zwei ausgelassene junge Pärchen kamen heraus. Die beiden Frauen und einer der Männer gingen zum Empfangstresen und zeigten dort ihre Einladungen, der zweite Mann, offenbar leicht angetrunken, bewegte sich lachend in Richtung der Toiletten, während die drei übrigen Gäste den Saal betraten. Caleb Salomon zögerte keine Sekunde und folgte dem Mann. Etwa fünf Minuten später betrat er mit dessen Einladung den Festsaal.

***

Hauptkommissar Säger holte sich in aller Ruhe einen Kaffee. Alle anderen im Büro des Special Air Services tranken Tee. Englischen Tee, den Säger so verabscheute. „Beruhigen Sie sich bitte. Es ist doch völlig egal, ob Sie hier herumsitzen und auf Katastrophen oder auf mein Startzeichen warten, das Ihnen ermöglicht, ein paar Leute aufzumischen und einen internationalen Konflikt zu beenden. Ich habe Ihnen eindeutige Informationen über geplante Aktionen des Mossad in Ihrem schönen England besorgt, die ganz klar belegen, dass mein Informant nicht lügt. Das sind Originaldokumente und verifizierte Dateien, wie sie selbst zugegeben haben, mein Lieber."

Säger dachte daran, was für ein Segen die Laptops der israelischen Agenten für seine Glaubwürdigkeit waren, und fuhr fort: „Darüber hinaus stehen da unten zehn der besten Mitglieder der GSG 9. Und ich bin autorisiert von höchsten Vertretern unseres Innenministeriums. Im Klartext bedeutet das für Sie: Wenn ich den Ort erfahre, wo die Entführung von Abad Dus Kashis III stattfindet, sage ich ‚Los!', und dann werden Sie reagieren. Und nun genießen Sie Ihren, äh ... Tee?" Der kleine Mann mit schütterem Haar und Brille sah Säger hasserfüllt an, drehte sich mit hochrotem Kopf auf dem Absatz um und war im Begriff, sein eigenes Büro zu verlassen. James Arthur Strummer, oberster Einsatzleiter des SAS, hatte schon viel erlebt. Er hatte zuletzt in aktivem Dienst auf den Falklandinseln bis zu den Knöcheln in Blut gestanden, aber noch nie war jemand so respektlos mit ihm umgegangen. Man konnte meinen, dieser Kraut wäre auf Kokain. Strummer warf seinen fast vollen Becher Tee in den Papierkorb und knallte die Tür hinter sich zu. Säger sah in die Gesichter der beiden sprachlosen Polizisten, die noch im Büro saßen und sich an ihren Teebechern festhielten.

„Ein Vorgesetzter sollte immer Vorbildfunktion haben. Schmeißt die Plörre auch weg."

***

Caleb Salomon hatte den Scheich an seinem Platz entdeckt und stellte sich an einen freien Bistrotisch, von dem aus er jede Bewegung im Umfeld seines potenziellen Opfers registrierte. „Na? Langweilige Party, oder?" Salomon drehte sich um und starrte Chris entgeistert an. Sein deutscher Akzent war Salomon nicht entgangen und löste eine Welle von Vorurteilen und eine starke passive Aggression bei dem Israeli aus. „Wer will das wissen?", kläffte er Chris an. „Ruhig, Hase. Ich tue dir nichts. Kenn ich übrigens ..." Er zeigte auf Caleb Salomons Füße. „Yoi-Dachi. Hab auch viel Karate gemacht. Bleib locker." Ungeniert tätschelte er Salomons Wange und ließ ihn stehen.

Fünf Minuten später, als der Israeli sich gerade wieder auf seine Aufgabe konzentriert hatte, stand Chris plötzlich mit zwei Cocktails neben ihm: „Alkoholfreie Margaritas. Du bist Jude, stimmts?" fragte er fröhlich.

Salomon war entsetzt. „Was?", konterte er hilflos. „Na deine Tätowierung hinten am Hals. Der Judenstern mit dem Löwenkopf. Spezialeinheit, stimmts? Nimm dich in Acht. Hier laufen ein paar ganz üble Typen rum. Scheiß-Faschos. Viel Spaß noch - und Prost." Als Chris gegangen war, klappte Salomon den Kragen seines Hemdes hoch.

***

Esteban nahm den Anruf entgegen. „Ja, Mücke, was gibts? ... Tja. Ich sag mal so: Auf einer Party, wo die Hälfte der Leute von der El Kaida gesponsert und die andere Hälfte von englischen Neo-Faschisten beschützt wird, wirkt ein Soldat einer israelischen Spezialeinheit etwas fehl am Platz. Das ist der Typ. Behalte ihn im Auge und pass auf dich auf." Celine winkte hektisch. „Und schöne Grüße von deiner Torte. Aua!" Er legte auf und rieb sich lachend die Stelle am

Oberarm, wo Celine ihn geboxt hatte. Esteban hatte sich die Kleidung eines Hotelpagen übergestreift und die beiden warteten in einem unbenutzten Zimmer in der Nähe der Suite, die der Scheich angemietet hatte. Durch den Türspion sah Esteban regelmäßig Leibwächter von Kashis, die den Flur kontrollierten. Er schrieb sich die Zeiten jedes Mal auf und hatte bald ein Muster vorliegen, nach dem ein Gang vier Minuten dauerte und exakt alle dreißig Minuten stattfand. Ein Leibwächter blieb während der Runde des Kollegen die ganze Zeit vor der Tür der Suite stehen. Insgesamt hatten vier verschiedene Leibwächter bisher die Wache übernommen, sodass Esteban von höchstens fünf Bodyguards auf der Etage ausging. Vorausgesetzt es gab einen verantwortlichen Chef unter ihnen, der die Suite nie verließ. „Celine, du solltest jetzt runter zur Anlieferung gehen und überprüfen, dass dieser Carl bereit ist für den Transport. Die Adresse ist klar? Der Sprinter steht schon hinten auf dem Versorgungshof. Check die Kisten. Die mit den Leichen kann er schon mal verladen. Und dann bleib bei ihm. Das muss funktionieren. Sorg dafür, dass er die Ruhe bewahrt, wenn hier die Hölle losbricht." Esteban gab ihr den Schlüssel des Sprinters und nuschelte kaum hörbar: „Und pass auf dich auf."

„Kill 'em all ...", entgegnete Celine und verschwand durch die Tür.

***

Chris stand wieder vor dem Mischpult, da es einen weiteren Auftritt von Linda Carmichael geben sollte. Da setzte Cyril Brooks, der verantwortliche Toningenieur, seinen Intercom-Kopfhörer ab und wandte sich an ihn: „Hey, Simon, deine Perle ist schon zu betrunken für eine Zugabe. Wir holen sie jetzt nur für eine Ansage auf die Bühne. Wenn ich du wäre, hätte ich die schon längst flachgelegt, schwul oder nicht. Oh, Mann." Chris versuchte zu lächeln und dachte sich seinen Teil.

Es waren eine Menge bildschöne Frauen auf dieser Veranstaltung und bis vor kurzem hätte Chris seine Wirkung auf das andere Geschlecht längst ausgenutzt, um seinen zahlreichen Abenteuern ein weiteres Kapitel hinzuzufügen. Aber neuerdings war alles anders. Und es lag nicht daran, dass er so tun musste, als ob er schwul wäre. Sicher sah er sich gerne die teilweise sehr spärlich bekleideten Spielzeuge der unsympathischen Hochzeitsgäste an, aber seine Gedanken drehten sich immer wieder um Celine. Er sah ein schönes Dekolleté und im nächsten Moment dachte er daran, wie er mit Celine im Bett gelegen hatte und mit einer Hand um ihre Brust eingeschlafen war. Er sah eine Frau, die so stark geschminkt war, dass sie einem schlechten Manga-Comic entsprungen zu sein schien, und im nächsten Moment erschien vor seinem geistigen Auge Celine, wie sie ihn völlig zerzaust und ungeschminkt angelächelt hatte, als sie das letzte Mal zusammen frühstückten. Er konnte sich nicht mehr an den Tag erinnern, als sie sich kennengelernt hatten. Es kam ihm so vor, als wäre Celine schon immer da gewesen. Neu für ihn war die Erkenntnis, dass er sie nie wieder verlieren wollte. Seine Mutter hatte ihm beigebracht, dass Frauen Männer enttäuschten, sie fortschickten und betrogen. Sogar die Männer, die ihm wichtig waren. Er verbrachte mehr Zeit in Internaten als zu Hause. War Celine der Gegenbeweis? Die Frau, die für ihn alles riskierte, selbst ihr eigenes Leben? Er brauchte ihre Nähe mehr, als er jemals etwas anderes gebraucht hatte. Keine verdammte Droge, kein Kick bei Tempo dreihundertfünfzig auf dem Motorrad konnte das kompensieren, was er im Moment empfand. Keine Chance wegzulaufen. Er war den Tränen nah. „Mach du das, Cyril. Ich suche mir ein schönes Stück Arsch", informierte er seinen Kollegen und ging zurück in den Saal. Linda Carmichael betrat die Bühne mit einem Funkmikrofon. Inzwischen war dort alles für den Auftritt einer Seilartistin vorbereitet worden. Die junge, hübsche Frau vermochte dennoch die komplett leere Bühne allein durch ihr Charisma auszufüllen. Tosender Applaus von überwiegend männlichen Gästen setzte ein, der mehr ihrem spärlichen Outfit galt. Sie lallte ein wenig, als sie ihre Rede begann: „Daaanke. Ich liebe euch. Ich möchte auch denen danken, die für mich angerufen haben. Und meinem süßen Techniker, Simon, der heute auch für mich hier ist. Der ist so süß, und ich hätte ihn gerne selbst vernascht. Aber, Mädels ... da haben wir keine Chance." Sie kicherte. „Haltet euch ran, Männer!" Buhrufe setzten ein, hauptsächlich aus der Richtung der englischen Mafiosi. Linda fuhr fort: „Und jetzt kommt für Sie ..." - sie sah auf ihre Moderationskarte - „die unglaubliche Sabine, Applaus!" Der komplette Raum wurde dunkel, als Linda von der Bühne torkelte und Musik einsetzte: Insomnia von Faithless. Die Bässe des Intros ließen den Saal erzittern. Zum Anfang von AC/DCs Hit Thunderstruck fielen zwei knapp sechs Meter lange Seiltücher von der Dekke herab auf die Bühne und baumelten in Schwarzlicht gehüllt über dem Bühnenboden. Die Artistin erschien auf der Bühne und schlang sich die Tücher mehrfach um die Arme. Mit einer Kombination aus Aufwärtsrollen und schwungvollen Schrauben gelangte sie bis nach oben. Dabei wickelte sie immer mehr von den Tüchern um ihren Körper und begann ihre waghalsige Vertikalseilnummer. Die gesamte Hochzeitsgesellschaft starrte wie gebannt auf die Bühne. Da entdeckte Chris den Israeli in der Nähe des Scheichs. Schlagartig wurde ihm wieder bewusst, wozu er auf der Veranstaltung war. Er nutzte genau wie der Mossad-Agent die Dunkelheit im Festsaal und näherte sich schnell und unbemerkt dem Tisch, wo Abad Dus Kashis III sich trotz der ohrenbetäubend lauten Musik angeregt mit dem Bräutigam unterhielt. Caleb Salomon zog das Santoku-Messer aus seinem Stiefel, ohne zu ahnen, dass Chris sich nur zwei Schritte hinter ihm befand. Das Publikum schrie entsetzt auf, weil die Artistin sich vom obersten Punkt an der Decke fallen ließ, indem sie sich „abwickelte". Da griff Chris an. Er verdrehte dem Israeli den Arm und verpasste ihm einen Handkantenschlag gegen den Hals, woraufhin der überraschte Attentäter sein Messer fallenließ. Salomon versuchte zu kontern, aber Chris setzte sofort mit einem Tritt in die Kniekehle nach. Der Israeli ging zu Boden, wo er sofort von zwei Leibwächtern mit ihren Revolvern in Schach gehalten wurde. Abad Dus Kashis III war von seinem Stuhl aufgesprungen und blickte abwechselnd von Chris zu dem Israeli auf dem Boden. Keiner der anderen Gäste hatte bisher etwas bemerkt, da sich der Tisch etwas außerhalb am Rand des Saals befand. Hektisch gab der Scheich ein paar Anweisungen in seiner Muttersprache und im nächsten Moment verließen Caleb Salomon und die beiden Leibwächter den Saal. Chris wurde vom

Bräutigam relativ unsanft auf einen der beiden freien Stühle befördert. Als der Scheich ihn ansah, hatte Chris das Gefühl, einem Reptil gegenüberzusitzen. Kashis III betrachtete Chris aus den kältesten Augen, die dieser jemals gesehen hatte. Die kleine, gedrungene Statur des Scheichs strahlte die pure Boshaftigkeit aus. Er trug eine Ghutra zu seinem edlen hellgrauen Anzug und statt einer Krawatte umgab ein kostbares goldenes Gebinde mit einem großen Rubin seinen Hals. Dazu passende Armbänder zierten seine Handgelenke. Chris bemühte sich, völlig unbeeindruckt zu klingen, als er fragte: „Wird das hier jetzt so eine Art Blickduell oder gibt es auch noch was zu trinken? Was wollte der Penner mit dem Fischmesserchen?" Bei diesen Worten hielt Chris die edle Santoku-Klinge in die Höhe. Wieder sprang der Scheich entsetzt auf. „Wer bist du?", fragte Kashis III in allerfeinstem Oxford-Englisch. „Heute ist dein Glückstag. Ich bin Simon, der Techniker von Voice ′n′ Vibes. Aber wenn es nichts zu trinken gibt ..." Chris ließ den Satz unvollendet, heuchelte Enttäuschung und war im Begriff aufzustehen. „Einen Moment. Ich möchte mich angemessener bedanken. Sei bitte mein Gast. Bringt ihn hoch. Gebt ihm, was immer er möchte. Ich komme gleich nach", verkündete der Scheich, dessen Interesse an seinem Retter offenbar rapide zugenommen hatte. Während Chris zu den Aufzügen geleitet wurde, winkte Abad Dus Kashis III einen dritten Bodyguard heran und befahl: „Finde heraus, wer er ist. Dann bring mich nach oben."

***

Esteban hörte lautes Stimmengemurmel im Flur. Durch den Spion konnte er nichts sehen, da die Ankömmlinge von links kamen und die Tür zur Suite zwischen ihm und den Aufzügen lag. Er zog seine Waffe und öffnete die Tür einen Spalt weit. Esteban beherrschte sechs Sprachen fast perfekt. Fremdsprachen wurden in seiner Zeit als Söldner zu seinem Steckenpferd, da sein Alltag sehr oft von Warterei geprägt war. Er genoss den Zugang zur Weltliteratur, der sich ihm dadurch erschloss. So verstand er Caleb Salomons Worte nur zu gut: „Ihr elenden Handlanger eines blutpissenden Hurensohns!

Legt mich ruhig um. Aber ich sterbe ehrenvoll und werde meinen Bruder wiedersehen, den ihr in Dubai getötet habt!" Der größere der beiden Leibwächter packte Salomon hart am Kragen und hielt ihm einen langen, scharfen Dolch vors Gesicht. „Das war dein Bruder, den ich getötet habe?", fragte er den Israeli. Er grinste. „Es war mir ein großes Vergnügen - und mein Geschenk an den großen Abad Dus Kashis. Jetzt belohnt mich Allah mit deiner stinkenden Anwesenheit, um ihm ein weiteres Geschenk machen zu können, Unwürdiger." Bei diesen Worten schnitt er dem Mossad-Agenten tief in die rechte Wange. Das Blut lief in der ganzen Breite des Schnitts über Salomons Gesicht.

Esteban atmete einmal tief ein und trat blitzschnell auf den Flur hinaus, wo er ohne sein Tempo zu verringern auf die drei losstürmte. Ehe sie erkannten, was geschah, hatte Esteban mit einem wirkungsvollen Hebelgriff den ersten Leibwächter entwaffnet. Die schnelle Kombination aus Tritten und Handballenschlägen beförderte die beiden Araber bewusstlos zu Boden. „Krav Maga. Das solltest du eigentlich kennen. Man gibt sich nicht so schnell auf. Los, schnapp dir einen und folge mir. Schnell! Und mach keinen Lärm", zischte er dem Israeli zu. Eilig schafften sie die bewusstlosen Bodyguards in das Hotelzimmer gegenüber der Suite. „Und jetzt?", fragte Caleb Salomon. Esteban schwieg. „Lass sie mich töten. Sie haben meinen Bruder umgebracht ...", flehte der Mossad-Agent den Spanier an. „Nein. Wozu? Kannst du deinem Bruder dann das Leben zurückgeben? Du hättest einen meiner besten Freunde getötet, wenn es nicht der Russe getan hätte. Du hattest dich schon befreit und wärst über Gavin hergefallen, wie du es bei Galusin getan hast. Aber ich gebe mir selbst die Schuld an Gavins Tod. Und deshalb frage ich dich: Was hast du getan, um deinen Bruder zu schützen? Ich konnte Gavins Leben nicht retten, aber ich habe dein Leben gerettet. Vorerst. Was hast du jetzt vor?" Salomon setzte sich auf den Clubsessel am Fenster und sagte nichts. Er sah Esteban zu, wie er die beiden Araber mit Klebeband fesselte und knebelte und fragte irgendwann: „Was hast du mit mir vor? Was machst du mit einem ... Feind?" „Was macht dich zu meinem Feind? Als mein Feind wärst du jetzt tot, ohne dass ich dafür auch nur den Finger krumm gemacht hätte. Früher habe ich getötet, weil andere mich dafür bezahlten. Jetzt töte ich nur noch, wenn ich muss. Also komm mir nicht in die Quere, dann wirst du leben." „Ich muss ihn töten." Er spuckte auf den Leibwächter zu seinen Füßen. „Nenn mir einen Grund und ich gebe dir seinen Dolch. Diese Männer sind schon tot. Die Frage ist nur, wann sie aufhören zu atmen. Sie handeln im Sinne des Bösen. Glaub mir, ich weiß sehr gut, wovon ich rede. Wenn du sie nicht tötest, wird es ein anderer tun. Du kannst deine eigene Seele retten, wenn du ihr Leben verschonst. Indem du genau da aufhörst, wo dein Bruder zu weit gegangen ist. Einer muss den Anfang machen. Warum könnt ihr verblendeten Golems nicht begreifen, dass es nicht um Religion, sondern um Macht geht?" Esteban steckte sich die Intercom eines Leibwächters ins Ohr und holte sein Handy aus der Tasche. „Worum geht es dir?", fragte Caleb Salomon. Esteban wählte eine Nummer und sah den Israeli an. „Es geht um Mücke."

***

Säger ging sofort ans Telefon und spielte seine Rolle perfekt: „Ja ... gut, und wo? Das Savoy? Gut. Alles läuft natürlich wie besprochen ... Hallo ...?" Der Hauptkommissar sah James Arthur Strummer an. „Aufgelegt. Zum Savoy. Jetzt."
Während des Telefonats wirkte der Einsatzleiter des SAS, als hätte man ihn in seiner Bewegung eingefroren, doch nun schien er zu explodieren. Seine Stimme überschlug sich, als er seine Anweisungen bellte: „Sofort den Befehl zum Ausrücken geben! Die Fahrzeuge besetzen! Die Behörden informieren! Alles um das Savoy Hotel absperren! Los, los, los!"

Es dauerte noch fast fünfzehn Minuten, bis Säger mit Strummer in einem geräumigen Rover saß und sie sich in einer Kolonne von sieben Fahrzeugen auf den Weg zum Einsatzort machten. „Das ging ja flott ...", bemerkte Säger und erntete einen bösen Blick von Strummer. „Wo sind Ihre Leute?", fragte dieser bissig. „Zur rechten Zeit am rechten Ort. Sie werden sehen." Sägers Antwort reichte dem Einsatzleiter nicht und er versicherte: „Ihre Männer unterstehen meinem Befehl. Das ist hoffentlich klar?" Nach fast einer Minute antwortete Säger endlich: „Das ist ihr Job. Gehorchen. Denken müssen Sie. Hals und Beinbruch." Strummer zeigte plötzlich auf ein Fahrzeug vor ihnen. „Ist das der Bus mit Ihren Leuten? Ich dachte, es wären zwei Fahrzeuge. Sie haben doch zwei von diesen Durchfahrtsgenehmigungen beantragt." Säger lächelte breit, als er erklärte: „Falls ich allein fahren würde. Aber in Ihrer Gesellschaft ist es mir lieber ..." Säger stellte endgültig fest, dass er den kruden Engländer nicht mochte. Endlich erreichten sie das Hotel. Zahlreiche Polizeifahrzeuge hatten Straßensperren errichtet, die die Ankunft des Special Air Services noch zusätzlich verzögerten. Etwa zwanzig Beamte umstellten das Gebäude. Der Rest inklusive der Truppe aus GSG-9-Mitgliedern betrat das Hotel durch den Haupteingang. Säger hatte sich eine kugelsichere Weste umgelegt und bewegte sich unter heftigem Protest des Einsatzleiters in Richtung Versorgungshof. Strummer zog es vor, mit seinem Funkgerät draußen zu warten. Lieber lasse ich mich abknallen, als diesem Idioten noch weiter zuzuhören, dachte Säger. Zielstrebig betrat er die Hotelanlieferung und drückte ohne ein Wort Celine, die dort wartete, die zweite Sonderdurchfahrtsgenehmigung in die Hand. „Haut so schnell ab, wie es geht." Mit diesen Worten verschwand er im Hotel. Als ihm kurz darauf zwei Beamte des GSG 9 folgten, war Celine bereits verschwunden.

Kapitel 38

„Wo hast du kämpfen gelernt?", wollte Caleb Salomon wissen. „Ich war bei der Legion in Frankreich. Nach meiner Ausbildung wurde ich auch für lukrativere Operationen auf eigene Rechnung freigestellt. Inoffizielle Einsätze. Bei den Amis hieß das Black Ops. Auch NATO-Geschichten. Jugoslawien. Irak. Russland. Kolumbien." „Auch Bulgarien?" „Sofia." „Oha." „Aber alles Vergangenheit." „Die Legion ist sehr ehrenhaft", bemerkte Caleb Salomon anerkennend. „Es ist nie ehrenhaft, Menschen zu töten. Es ist ehrenhaft, Menschen zu retten. ... Still!" Esteban stand an der Tür und lauschte. Schritte. Er lächelte, als er Chris' Stimme vernahm. Gott sei Dank, du Teufelskerl, dachte er. Zu dem Israeli gewandt sagte er leise: „Wenn du nichts vorhast - ich könnte gleich Hilfe gebrauchen. Der Scheich gehört mir, aber ich kann dir versprechen, dass er seiner gerechten Strafe nicht entgehen wird. Dazu muss er am Leben bleiben. Deal?" Caleb Salomon sah ihm in die Augen und antwortete: „Ich glaube, für dieses eine Mal stehe ich in deiner Schuld. Deal." Esteban gab ihm eine der Waffen von den Leibwächtern und sagte: „Dann nimm dir das andere Funkgerät. Ich denke, du kannst etwas Arabisch?"

***

Chris hatte die Rolle eines leicht angetrunkenen Spaßvogels eingenommen und bewegte sich in einer Weise, die man am treffendsten mit einer Mischung aus Keith Richards und Johnny Depp als Captain Jack Sparrow beschreiben konnte. Unerlässlich überschüttete er die beiden Leibwächter mit platten Zoten. Diese signalisierten jedoch in keiner Weise, ob sie ihn überhaupt verstanden. Schweigend führten sie ihn zur Suite des Scheichs, während Chris redete wie ein Wasserfall. „Leute, ihr macht den Job doch auch nur wegen der tollen Anzüge, oder? Seid ehrlich. Und man kommt viel rum, nicht wahr? Und was ist hiermit?" Er steckte seinen Daumen zwischen die Finger seiner Faust. „Bunga, Bunga? Oder wie heißt das bei euch?" Die

Leibwächter sahen ihn nur mitleidig an, dann standen sie endlich vor der Tür der Suite. Der größere der beiden klopfte an. „Dreimal kurz, dreimal lang! Geil! Ein Klopfzeichen! Wie originell!“, brüllte Chris in der Hoffnung, Esteban würde es hören. Unsanft schoben die Männer ihn in das Zimmer, dessen Tür geöffnet worden war. Im Raum befanden sich fünf weitere Leibwächter. Zwei standen rechts und links neben der Tür, die anderen saßen vor dem Panoramafenster, das einen beeindruckenden Ausblick über London bot. Alle starrten sie auf Chris. Endlich sagte einer in perfektem Englisch: „Bitte setzen Sie sich. Was darf ich Ihnen zu trinken bringen?“ „Oh, einen White Russian. Cool. Danke.“ Chris ließ sich auf einen der schweren Ledersessel fallen. Etwa fünf Minuten später betrat der Scheich mit einem weiteren Bodyguard die Suite. „Wo ist der Jude?“, wollte er sofort wissen. Die Anwesenden sahen sich an und der vermeintliche Chef der Leibwächter sprach etwas in sein Funkgerät. Chris kam es wie eine Ewigkeit vor, bis er sich endlich an Kashis III wandte: „Ahmad sagt, der Unwürdige hat Widerstand geleistet. Sie schaffen seine Leiche gerade weg, Herr.“ Chris verstand kein Arabisch, aber er spürte deutlich, wie sich die Situation entspannte. „Cheers!“, sagte er und hob sein Glas in Richtung des Terroristenführers. „Mein Glaube verbietet mir den Genuss von Alkohol, mein Freund, aber sei mein Gast und möge Allah dich für deine Tat segnen“, gab dieser in akzentfreiem Deutsch zurück und fuhr auf Arabisch fort: „Karem, komm her und knie nieder.“ Der Leibwächter, der bei dem Attentat Salomon am nächsten gewesen war, sprang auf und kniete sich mit gesenktem Kopf hin. „Sieh mich an!“, verlangte der Scheich. Karem blickte auf. In dem Moment schoss der Bodyguard, der mit Kashis gekommen war, dem Mann mit einer schallgedämpften Pistole zwischen die Augen. Karem fiel um wie ein nasser Sack. Hirn und Stücke seines Schädels auf dem dicken roten Teppich verkündeten das unzweifelhafte Ende des Mannes. Chris ließ sein Glas fallen und sprang entsetzt auf, woraufhin ihn einer der Wächter unsanft zurück in den Sessel beförderte. Kashis III setzte sich auf den freien Sessel gegenüber von Chris. Er seufzte laut, bevor er, dieses Mal auf Englisch, verkündete: „Nimm dieses Opfer als Belohnung für dein Einschreiten, Simon. Ich habe den Mann sehr geliebt, aber ohne dich wäre ich jetzt tot. Mein Opfer soll auch den anderen helfen, ihre Pflicht ab jetzt gewissenhafter zu erfüllen. Und nun schafft Karems sterbliche Überreste fort und lasst mich mit diesem netten jungen Mann allein. Hasan, bleib vor der Tür stehen. Nun geht."

Ein paar Minuten saßen sich Chris und Abad Dus Kashis III still gegenüber, dann brach Chris das Schweigen: „Du bist echt krass drauf, Alter. Meinst du nicht, das gibt Ärger?" Kashis III lachte. „Du weißt nicht, wer ich bin?" Ohne eine Antwort abzuwarten, fuhr er fort: „Woher auch. Ich kann verstehen, dass du verängstigt bist. Bedenke, dass ein Mann in meiner Position es sich nicht leisten kann, Schwäche zu zeigen. Für jeden, den ich töte, weil er mich töten will, stehen morgen zwei Neue da und trachten mir nach dem Leben. Glaubst du, Religion bedeutet mir etwas? Glaubst du, Geld bedeutet mir etwas? Beides benutze ich nur, um das zu bekommen, was mir als Einziges wichtig ist: Macht, Simon. Pure Macht. Die Macht, Königreiche zu stürzen, ganze Völker ins Verderben zu schicken. Aber Macht ruft die Neider auf den Plan. Jemanden wie dich könnte ich gut gebrauchen. Ich mag dich, Simon. Sonst wärst du jetzt auch tot. Ich brauche keine Zeugen für diesen lächerlichen Angriff auf mein Leben."

Er stand inzwischen hinter Chris' Sessel und hatte ihm die Arme auf die Schultern gelegt. „Einen Mann wie dich könnte ich sehr, sehr glücklich machen. Einen Mann mit Bildung, Überzeugungen und ... entsprechenden ... Neigungen, wie ich hörte?" Der Scheich fing an, Chris zärtlich die Schultern zu massieren. Damit hatte er eine Grenze erreicht, wo es für Chris keine Rolle mehr spielte, welche Konsequenzen sein Handeln haben würde. Es lag nicht in seiner Natur, anderen etwas vorzuspielen. Er war selbst erstaunt, dass er sich so lange unter Kontrolle hatte. Aber seine Empörung über den Massenmörder, der ihm jetzt gerade wie selbstverständlich die Schultern massierte, und die Wut auf diesen Mann, der sein Leben über Nacht zerstört hatte, ließen sich nicht länger im Zaum halten.

„Wo bleibt dieser Spanier nur, wenn man ihn braucht?", sagte Chris und stand auf. Er drehte sich bedrohlich langsam um und sah dem Scheich in die Augen. „Dann fangen wir halt ohne Esteban an, oder was meinst du?"

***

Die Mitglieder des Special Air Services stürmten den Festsaal. Die Band, die eigentlich Sir Elton John bei seinem gemeinsamen Auftritt mit Noel Gallagher begleiten sollte, hörte auf zu spielen und verließ die Bühne. Die Menschen auf der Tanzfläche erstarrten, als die Saalbeleuchtung hochgefahren wurde. Empörte Gäste fingen an, sich - teilweise aufgrund ihres Alkoholpegels - lauthals zu beschweren. Säger ging auf die Bühne und schnappte sich das nächstbeste Mikrofon. Er tat das, was jeder Toningenieur am meisten hasste: Zuerst schlug er mit der flachen Hand auf die Kapsel. Elektrisch um ein Vielfaches verstärkt hatte es den Effekt, dass sofort Ruhe unter den Anwesenden herrschte. Als wenn ihm das nicht genug Beweis dafür gewesen wäre, dass das Mikrofon eingeschaltet war, pustete er auch noch hinein, sodass alle Gäste zusammenzuckten. Schließlich sicherte er sich noch zusätzlich ab, indem er fragte: „Kann man mich hören?" Der Lautstärkepegel im Saal hatte inzwischen wieder zugenommen. James Arthur Strummer polterte auf die Bühne und rief: „Das ist ja armselig! Geben Sie her!" Er riss dem Deutschen das Mikrofon aus der Hand und verkündete:

„Meine Damen und Herren, bitte beruhigen Sie sich. Dies ist ein offizieller Einsatz der Regierung. Wir suchen einen Terroristen, der sich unter Ihnen befinden soll. Das Hotel ist abgeriegelt. Bitte halten Sie Ihre Ausweise bereit, wir werden jeden hier kontrollieren. Setzen Sie sich auf Ihre Plätze ..." Strummer hatte noch nicht zu Ende gesprochen, als plötzlich der Brautvater, Farouk al Awlak, die Bühne betrat. Außer sich vor Wut warf er sämtliche Mikrofonstative auf seinem Weg um und trat mit voller Wucht gegen ein paar Schlagzeugteile. Bedrohlich schnell näherte er sich Strummer, der schrie: „Halt! Stopp! Keinen Schritt weiter!" „Die Hochzeit meiner Tochter! Und Ihr Ungeziefer platzt hier rein, als wenn ich der letzte Penner wäre?", grollte der Vater der Braut, die sich den Höhepunkt ihrer Hochzeit sicher anders vorgestellt hatte. „Halt!", mahnte Strummer erneut und zog dabei seine Dienstwaffe. Sofort reagierte einer der beiden Bodyguards hinter Farouk al Awlak und streckte den Einsatzleiter des SAS mit mehreren Schüssen nieder. Säger, der direkt neben Strummer stand, zog seine Waffe und erwiderte die Schüsse. Er traf und der Schützen ging in die Knie. Strummer jedoch war tot.

Einige Polizisten des SAS eröffneten ebenfalls das Feuer. Chaos brach aus. Säger brachte sich geistesgegenwärtig durch einen Sprung von der Bühne in Sicherheit. Ebenso wie den entsetzten Brautvater, den er rettete, indem er ihn mit sich riss. Viele Gäste versuchten, den Raum zu verlassen, aber das Einsatzkommando an der Tür hielt sie auf. Auch einige der kriminellen Hochzeitsgäste und deren Handlanger hatten inzwischen ihre Waffen gezogen. Säger benutzte einen umgedrehten Tisch als Deckung, um dem Brautvater ein paar Handschellen anzulegen. Die Leibwächter des Scheichs versuchten, den Festsaal zu verlassen, um in die Suite zu Abad Dus Kashis III zurückzukehren. Immer mehr Polizisten kamen hinzu, um ihre Kollegen zu unterstützen. Zwei der Bodyguards des Scheichs wurden erschossen, die übrigen beiden erreichten den Aufzug. Im Festsaal versuchte Säger, sich das Mikrofon von der Bühne zu holen. Er hoffte, sich auf diese Weise Gehör zu verschaffen, um die Schießerei zu beenden. Als er die Bühne betrat, feuerte ein Mafioso seine Waffe auf ihn ab. Die Kugeln verfehlten ihn knapp, aber einige davon trafen stattdessen das Indoor-Feuerwerk, das für das Finale vorbereitet worden war. Kurz darauf war der Saal erfüllt von Rauch, und hinter der Bühne brach ein Feuer aus. Es zischte, knallte und rumste. Das pyrotechnische Material, das eigentlich auf der Bühne verteilt werden sollte, stand backstage eng zusammengeschoben in einer Ecke. Brennende Schalen mit bengalischen Fackeln waren umgekippt und das Feuer breitete sich hinter der Bühne rasch aus. Als alles auf einmal gezündet wurde, erfüllte eine Hitzewelle den Festsaal. Jeder – egal ob Polizist, Verbrecher oder unbeteiligter Gast - versuchte sich in Sicherheit zu bringen. Zwar waren wegen der Pyrotechnik ein paar Feuerwehrleute anwesend, aber keiner von ihnen legte es darauf an, sich eine Kugel einzufangen, weshalb die Löschversuche sehr zögerlich begannen. Viel zu spät ging die Sprinkleranlage an, da man die Rauchmelder wegen des künstlichen Nebels während der Show ausgeschaltet hatte. Die Männer des SAS und der GSG 9 versuchten, die Menschen im Foyer des Hotels zusammenzutreiben, um sie kontrolliert zu evakuieren. Obwohl viele der zwielichtigen Gäste immer noch Widerstand leisteten, gelang es den Spezialkräften, die Verbrecher nach und nach und ohne weitere Opfer zu überwältigen. Unterdessen war die örtliche Polizei damit beschäftigt, die Verletzten und Toten aus dem brennenden Festsaal herauszuholen. Langsam gewannen die Spezialkräfte die Kontrolle über die Situation. Da Strummer tot war, leitete Säger nun den Einsatz. Er befahl, alle Einsatzkräfte von draußen ins Hotel zu rufen und die Absperrung der örtlichen Polizei zu überlassen.

Esteban hörte durch den offenen Türspalt, dass die Leibwächter aus der Suite kamen. Einer bezog sofort Stellung neben der Tür. Ihrem toten Kollegen hatten sie eine Ghutra angelegt, um seinen zertrümmerten Schädel zu kaschieren, und zwei der Männer trugen ihn fort. Zwei weitere folgten ihnen. Die anderen beiden blieben bei der Wache an der Tür stehen und unterhielten sich leise. Esteban nickte dem Israeli zu. Souverän öffnete dieser die Tür und betrat den Hotelflur. Esteban trug noch immer die Kleidung eines Hotelpagen und ging lächelnd auf die drei Araber zu. Caleb Salomon folgte ihm ein paar Sekunden später. Die Leibwächter sahen sie misstrauisch an. „Salam Aleikum!“, rief Esteban und ging an ihnen vorbei.

Als sich alle drei nach Esteban umdrehten, griff Caleb Salomon an. Er trat dem ersten Bodyguard die Beine weg und verpasste ihm drei schnelle und heftige Fausthiebe auf die Nase. Längst hatte Esteban den zweiten Leibwächter von hinten gepackt und kampfunfähig gemacht. Zu spät zog der letzte Araber seine Waffe. Esteban entwaffnete ihn, während Caleb Salomon ihm im selben Moment mit der Handkante gegen die Halsschlagader schlug. Der Araber sackte zu Boden und als er auf den Knien war, brach der Israeli ihm das Genick. „Na, na, na ...",tadelte ihn Esteban. „Sorry. Reflex!", entschuldigte sich der Mossad-Agent. „Das Problem kenne ich!", gab Esteban zu.

Chris schlug dem Scheich mal rechts, mal links auf die Ohren und gegen die Brust, je nachdem, wo der Araber sich gerade schützte. Kurz zuvor hatte Chris seinem Widersacher mit einem Kopfstoß die Nase gebrochen. Seit der Araber angefangen hatte, wie ein Hund um Gnade zu winseln, hatte Chris sich nicht mehr unter Kontrolle. Die Zimmertür wurde geöffnet. Drei leblose Bodyguards fielen in den Raum, dann trat Esteban ein. Der Israeli blieb vor der Tür stehen. „Jetzt hör schon auf und fessle ihn", befahl Esteban trocken. „Gott sei Dank, da bist du ja. Oh, mein Freund mit dem Fischmesser. Hallo!" Chris nickte Caleb Salomon zu und beruhigte sich langsam. Er drehte dem Scheich einen Arm auf den Rücken und zischte ihm zu: „Wir machen jetzt einen Spaziergang, Schätzchen." Gemeinsam mit dem Israeli fesselten und knebelten die Freunde die beiden noch lebenden Leibwächter und Kashis III.

„Los, weg hier!", sagte Esteban und sie traten aus der Suite. „Vorsicht!", schrie Caleb Salomon plötzlich und schubste Chris zur Seite, sodass er mit dem Scheich zu Boden fiel. Der Israeli selbst wurde von den Kugeln der beiden Leibwächter getroffen, die es aus dem Festsaal zurück zur Suite geschafft hatten. Esteban schoss gleichzeitig mit seiner Waffe in der rechten und der Glock eines Leibwächters in der linken Hand. Die Angreifer gingen zu Boden. Sie waren genauso tot wie Caleb Salomon. „Jetzt sind wir quitt ...", sagte Esteban, während er Salomons Puls fühlte. „Er hat mich gerettet ...", stellte Chris mit zittriger Stimme fest. „Los jetzt. Weg hier, oder willst du ihm folgen?"

Sie schleppten den Scheich unbehelligt in die Anlieferung, wo Celine schon mit der Transportkiste vor dem Lastenaufzug wartete. Die regulären Personenaufzüge waren mittlerweile aufgrund des Feuers abgeschaltet worden. Esteban und Chris packten den Scheich in die leere Transportkiste und schoben sie in den Sprinter. Esteban holte die beiden eindeutig nicht mehr ganz frischen Leichen Galusins und Rubinsteins aus der zweiten Kiste und stieg selbst hinein.

„Alter, du bist hart drauf", meinte Chris entsetzt. Er und Celine stiegen vorne ein, wo Carl schon auf sie wartete. Sie verließen das Hotel ohne Probleme. Die örtliche Polizei gab sich mit der von Säger ausgestellten Durchfahrtsgenehmigung zufrieden. Sie mussten nicht einmal die Ladefläche öffnen, weil sie überall durchgewinkt wurden. Celine küsste Chris lange und leidenschaftlich, als sie endlich auf dem Parkplatz ankamen, wo Carl sein Auto abgestellt hatte. Chris gab ihm ein dickes Bündel Geldscheine und Carl sagte: „Ich hab gewusst, dass du nicht schwul bist. Ich wusste es einfach, mein Rockstar." „Danke, Botschafter. Ohne dich wäre ich im Arsch gewesen." „Keine Ahnung, was ihr da abgezogen habt, aber es war mir eine Ehre, dabei zu sein."

Kapitel 39

St Andrews, Schottland

Heiner Säger und Karl Strauß kamen aus dem Clubhaus, das aussah wie ein englisches Herrenhaus, und betraten das Gelände des alten, schottischen Golfplatzes. Sie nahmen sich ein Golfcar und fuhren los. „Säger, ich habe Sie wirklich unterschätzt. Wir haben Englands größten Mafiaboss einkassiert. Wir haben den Waffenschieber Farouk al Awlak und viele Handlanger von Abad Dus Kashis III geschnappt.

Dank Ihrer Verbissenheit und Ihres Instinkts. Aber das habe ich hoffentlich mit Ihrer Beförderung zum obersten Dienststellenleiter hinreichend wiedergutgemacht. Jetzt noch den Scheich höchstpersönlich zu bekommen, wäre natürlich das Beste, was uns passieren könnte. Ich bin sicher, das würde Ihnen noch ein paar Freunde in den obersten politischen Ebenen einbringen. Vielleicht machen Sie noch richtig Karriere, Säger. Aber an Ihre unorthodoxen Methoden werde ich mich nie gewöhnen. Was soll das? Das ist ein verdammter Golfplatz!" „Sie meinten am Telefon, Sie könnten unmöglich die Insel verlassen, ohne auf dem schönsten Golfplatz der Welt gespielt zu haben. Wobei der Tag hier Sie ohne Mitgliedschaft zehntausend Pfund kostet ..."

Säger hielt am zwölften Loch an. Ein Wasserhindernis stellte die größte Herausforderung bei diesem Par 3 dar. Esteban stand am Abschlag und sah Chris zu, wie er den Ball gekonnt über das Wasser etwa einen halben Meter neben die Fahne auf das Grün trieb. „Sehr schön, Mücke", bemerkte Säger anerkennend. Esteban begrüßte die beiden mit einem kurzen Kopfnicken und legte einen Ball auf das Tee.

„Haben Sie die Papiere? Haben Sie das Geld?", fragte er. Säger holte ein iPad und eine Ledermappe aus seiner Aktentasche. Chris fand in der Mappe neue Ausweispapiere und Geburtsurkunden für sich selbst, Celine und Esteban.

Strauß sah aus, als würde er jeden Moment die Beherrschung verlieren, als er etwas zu laut klarstellte: „Wenn ich das hier bestätige, sind vierzehn Millionen Euro auf dem vereinbarten Nummernkonto gutgeschrieben. Sollte die Zielperson nicht echt sein oder tot, werden Sie diesen Golfplatz nicht lebend verlassen. Sollten Sie ab morgen noch einmal in irgendeiner Form in meinem Dunstkreis in Erscheinung treten, werden Sie den Tag nicht überleben. Ich kaufe nicht nur Abad Dus Kashis III, sondern auch die Garantie, dass Sie von der Bildfläche verschwinden. Haben Sie das verstanden?“ Klong! Esteban schlug den Ball. Der Driver ging so nah an Strauß‘ Kopf vorbei, dass seine Haare wehten. Der Ball landete auf dem Green, allerdings noch etwas näher am Loch. „Schön!“, lobte Chris. „Gib ihnen den Schlüssel, damit wir putten können“, antwortete Esteban.

Chris warf Strauß den Sprinterschlüssel zu und sagte freundlich: „Sollte etwas mit der Kohle nicht stimmen oder sollte es eine Falle sein, wird meine Freundin Celine den Scheich in die Luft sprengen. Dann könnt ihr den als Mett-Igel mit nach Hause nehmen. Und anschließend trete ich Ihnen die Scheiße aus Ihrem korrupten Arsch.“ „Herr Säger? Das Geld? ...“ Esteban hob fragend die Augenbrauen. „Alles überwiesen“, informierte ihn Säger, „Na dann werden wir uns mal verabschieden, nicht wahr, Strauß? Schönes Spiel noch, Jungs. Kommen Sie, Strauß.“

Starr vor Entsetzen über den Umgangston der Männer, die in seinen Augen immer noch Verbrecher waren, ließ der Vertreter des Innenministeriums sich von Säger umständlich zurück zum Golfcar komplimentieren. Dabei hielt er den Sprinterschlüssel in der Hand, als wäre er ein lebendiges Wesen. Als sie anfuhren, rief Esteban ihnen hinterher: „Original und mit Geschenkverpackung, wie versprochen!“ Säger winkte nur, ohne den Kopf zu drehen.

Kapitel 40

Wenige Kilometer vom Golfplatz entfernt hatten die Beamten den Sprinter auf dem Parkplatz der Universität von St Andrews umstellt.
Die Türen des Transporters wurden von zwei GSG-9-Beamten geöffnet. Zwei weitere standen mit Sturmgewehr im Anschlag dahinter. Zuvor hatte ein Bombenschnüffelhund das Auto untersucht, aber keinen Sprengsatz gefunden. Säger und Karl Strauß warteten in sicherem Abstand zum Wagen. Ihr Blick fiel auf eine große Transportkiste, die mit Ratschengurten gesichert war. Mitten um das Case war eine große, rote Schleife gebunden worden.
Säger prustete los, was Strauß mit einem bösen Blick honorierte.
„Aufmachen!", befahl Karl Strauß.

Ein paar Minuten später wurde Abad Dus Kashis III abgeführt. Säger holte sein Smartphone aus der Tasche und las die SMS, die ihn gerade erreicht hatte. Sie war von Esteban: „Danke, mein Freund. Ohne dich hätte ich es nicht geschafft. Unter dieser Nummer erhältst du bei der HSBC in Zürich eine kleine Entschädigung. 32345GH-D345632FN8922, Passwort? Überleg selbst. Grüße an die Gemahlin. EG"
Überleg selbst? Gemahlin? „Ja klar. Ingeborg!", murmelte Säger und bekam einen weiteren Lachanfall, doch es war ihm egal, was die anderen dachten.

Epilog

Esteban Gomez lag auf seiner Terrasse in der Sonne und genoss die Wärme auf seinem freien, mit zahlreichen Narben übersäten Oberkörper. Er hatte sich in Marseille ein kleines Haus gekauft und dachte an Chris Mücke. Über ein Monat war vergangen, seit er seinen Freund das letzte Mal gesehen hatte. Da klingelte plötzlich das Telefon. Na bitte, dachte Esteban. Das funktioniert also noch ...

Es war schon früher so gewesen, dass sie nur aneinander denken mussten, und meistens klingelte dann das Telefon oder der jeweils andere kam unerwartet vorbei. Ohne auf das Display zu sehen, nahm er ab und fragte: „Wo steckst du? Wo soll ich dich diesmal raushauen?" „Wie meinst du das? Weißt du es schon?", erkundigte sich Chris verwirrt. „Mücke, wo bist du?" „Ich ... wir sind noch in Las Vegas." „Las Vegas?" „Las Vegas. Mit Keith Richards. Es war seine Idee. Und sein Jet." „Klartext, alter Freund? Warum ausgerechnet Vegas? Bist du etwa pleite? Hast du alles verzockt?" „Nein, Quatsch. Er - also Keith - wollte unbedingt Trauzeuge sein." Esteban hatte gerade an einer Zigarette gezogen und musste nun den Hustenanfall abwarten, bevor er nachfragen konnte: „Bitte, was? Und jetzt mal von Anfang an." „Okay, also ich war ja mit Celine noch ein paar Wochen in London. Und letzten Freitag habe ich Keith im Pacha getroffen, und da habe ich es ihm erzählt." „Was denn?", unterbrach ihn Esteban ungeduldig. „Na dass Celine und ich heiraten wollen. Das haben wir dann gestern in Vegas getan und Keith Richards war mein Trauzeuge. Er will jetzt vielleicht die Band wieder zusammenbringen, weil er gerne mit mir auf Tour gehen würde. Ich glaube, er mag mich. Ich ihn aber auch. Erinnert mich an meinen Vater."

„Du hast Celine geheiratet?" „Ja." „Echt?" „Ja!"

„Da helfe ich dir aber nicht raus. Das ist mir zu gefährlich."

Esteban legte auf und lächelte.

Tom Fuhrmann

Der Autor wurde 1965 in München geboren. Er wuchs auf in Wuppertal, was für dreißig Jahre sein Lebensmittelpunkt war. Nach dem Abitur und einer kaufmännischen Ausbildung begann er seinen Zivildienst in der Pathologie. Da seine Portrait-Zeichnungen sehr *tot* wirkten, verwarf er den Plan, Design zu studieren und begann im Anschluss sofort, als Roadie für verschiedene Bands zu arbeiten. Später in Köln arbeitete er unter anderem als Türsteher, Fahrer und Verkäufer für Möbelstoffe und Teppichböden. Bald zog es ihn wieder zurück zur Eventbranche, wo er auch heute noch seinen Lebensunterhalt bestreitet. *Back to Back* entstand *on the road* in Hotelzimmern und im Tourbus.